Rosso lombardo

Atilio Caballero

Rosso lombardo

bokeh

ISBN: 978-94-91515-46-0

Alcanfor

Cuando entré, el compartimento estaba vacío, lo que me hizo pensar que era un tipo con suerte. Una suerte relativa, claro, sin exageraciones: había subido a un tren de medianoche, incómodo y lento –o más bien incómodo por lento, morosidad que más tarde llegaría a convertirse en una conveniencia–, pagando una cantidad casi similar a la del expreso diurno. Pero nunca controlan documentos en la madrugada, y eso lo sabía. Lo mejor, en todo caso, estaba en que viajaría tranquilo, sin nadie saltando continuamente por encima de mis piernas para ir al baño.

Necesitaba esa tranquilidad y ese intervalo para descansar, unas buenas ocho horas de viaje y de letargo. Los últimos días en Barcelona, con despedida incluida que llegó hasta el mismo andén de Sants, me habían dejado en un estado que bien podría llamar lamentable, y de no reposar llegaría a Madrid a la mañana siguiente, lugar y momento de definiciones, convertido en una desagradable goma pastosa. Por lo que aquellas horas de sueño me vendrían bien. Muy bien. Dormir. Necesitaba dormir.

Para esa noche estaba anunciada una lluvia de estrellas, las *Leónidas*, el más importante acontecimiento de su tipo en el siglo que estaba por terminar. Un espectáculo único que sólo volvería a repetirse cincuenta y seis años después. Tanto el reposo como la contemplación eran tentaciones muy fuertes, y ambas luchaban por la supremacía sobre mi cuerpo molido. Yo no decidiría nada, dejando que una de ellas se impusiera. Y como también podía darme el lujo de elegir, ocupé un asiento junto a la ventanilla:

tal vez la curiosidad sideral triunfara sobre la demanda física. De cualquier manera, siempre me han gustado las ventanillas, aunque viaje de noche.

Cinco minutos después de la partida, atravesando aún L'Hospitalet, se abrió la puerta del compartimento y entraron dos jóvenes. Él se sentó a mi lado, ella frente a mí, al otro extremo del cristal; Eva, Hugo. Mucho gusto. Unos minutos más tarde entró Valerio. Venía, al parecer, del coche–restaurant, donde había comprado una botella de agua mineral y dos paquetes de cigarrillos negros. (*Primera acotación*: Un detalle como éste –el de los cigarros negros– resultaba interesante, al menos para mí, en esa circunstancia: yo venía del Caribe, de un lugar famoso por su hoja de tabaco, donde casi toda la masa fumadora aspira negros, y eso, estando lejos, inspira confianza, una extraña fraternidad). Pidió permiso para colocar su equipaje en la parte superior de su asiento, junto al de Eva. Pidió permiso para fumar: nadie tenía inconvenientes. Una cortesía preocupante, por contagiosa. Compartimento lleno. Adiós ilusión, anhelo de reposo.

Inclinados hacia adelante, Hugo y Eva conversaban en voz baja, sus caras a un centímetro de distancia, jugando al cíclope. Por muy cansado que esté, no me puedo dormir antes de las dos de la madrugada, vocación de vigilante nocturno decía mi madre. Tampoco poseo una clara propensión a ceder mi lugar en un transporte público, sobre todo si está junto a una ventanilla. Susurren transversal, si quieren, yo voy a leer hasta que llegue el sueño.

El tren avanzaba lentamente, traqueteando. «La caja entera rechinaba con sordos crujidos...». A mi amigo Emilio G.M. le gustaba paladear esta frase cada vez que viajaba en un almendrón por las calles de La Habana. La recordé en el mismo instante en que, al inclinarme sobre mi equipaje, alcé los ojos con discreción para observar el perfil de Eva. Y esa frase y ese rostro despertaron otra, del mismo relato, ésta un poco más larga y donde ella, pese a ser «...de estatura pequeña, mantecosa, galante, con las manos abotagadas y los dedos estrangulados en las falanges –como rosarios de salchichas diminutas–, no dejaba sin embargo de resultar apetitosa, de tal modo complacía su frescura. Su rostro era como una manzana colorada, como un capullo de amapola en el momento de reventar, y en él se abrían, en lo alto, sus ojos negros, magníficos, velados por grandes pestañas; debajo, una boca provocativa, pequeña, húmeda al beso, con unos dientecitos apretados, resplandecientes de blancura». La descripción de la inmolada meretriz encajaba perfectamente con los atributos de la muchacha sentada frente a mí. En tanto, nuestro coche de seis caballos avanzaba en la noche, moroso y tranquilo, y yo con él y mi salvoconducto caducado. Revolví en la bolsa, que había metido debajo del asiento, y saqué un libro, el primero que mi mano tocó: *Historia de las drogas*, de Escohotado, tomo II. Lo abrí al azar y comencé a leer.

Es cierto eso de que uno sabe cuándo lo están mirando. Se *siente*. Alcé la vista y vi las miradas de Hugo y Valerio, que me observaban a mí y a la cubierta del libro, alternativamente, como buscando una correspondencia entre ambos. Dos caras curiosas, primero, que luego se fueron transformando en rostros donde podía adivinar cierta complicidad.

–¿Te interesa el tema? –preguntó entonces Hugo, y sus ojos solicitaban el apoyo de su compañera mientras señalaba la tapa del libro. Yo asentí, indiferente, pero ellos, al parecer, no percibieron –no querían percibir– la displicencia que seguramente en ese momento acompañó mi gesto. Actitud, sin embargo, que pareció operar como la señal esperada. Eva se levantó de un salto, tiró su mochila al piso del vagón y sacó de ella un puñado de revistas enrolladas con una liga, que desplegó ante mí y la mirada cómplice y satisfecha de Hugo. *Cáñamo*. Muy persuasivo, a juzgar por el nombre y las portadas, un diseño con idéntico motivo donde la misma matita parecía repetirse en diferentes variaciones, siempre con alguien orgulloso y sonriente al lado. Seis o siete números, todos de fechas relativamente recientes. «Esta revista es la hostia, aquí puedes encontrar cualquier cosa que te interese. Mira ésta..., te la puedo dejar...». Mademoiselle Rousset a mis pies. Ambas compartiendo sus tesoros, aquella su comida y ésta sus revistas, a cien años una de otra con igual desenfado.

Me pregunté enseguida qué les podría hacer pensar que a mí me interesaban sus revistas. Era una lógica deductiva muy elemental; igual hubiesen podido tirar fuera varios ejemplares de *National Geographic* dedicados a las ballenas si me hubiesen visto leyendo *Moby Dick*. La caravana de vagones atravesaba ahora la periferia de la ciudad. Mis papeles no estaban en regla y yo no sabía quiénes eran ellos. Las luces que llegaban del exterior fueron desapareciendo, hasta convertirse en esporádicos flashazos de resplandor, acompañados por el bamboleo de la carroza a treinta kilómetros por hora, no más. Todo hacía suponer que sería un largo viaje.

Pensé que tal vez de un momento a otro apagarían las luces centrales de los vagones. Sin ser descortés, esto me permitiría refugiarme tras el leve haz de la bombilla personal, que caería sobre mi libro como un cenital aislante de cualquier intromisión exterior. Hugo continuó repasando las revistas, en su intento por llamar mi atención sobre algunos pormenores de su interés, mientras Eva asentía silenciosa y sonriente. Su énfasis, sin embargo, lejos de ser pedante, tenía un toque de gracia natural. Cerré mi libro y me mostré interesado. Tal vez así, mancomunados los tres en una alianza antiprohibicionista, agotaríamos con mayor rapidez los contenidos de la graciosa y colorida publicación, y yo podría dedicarme a la tranquila contemplación de la nada oscura a través de la ventanilla, pegando mi cara allí con una extraña mueca que mis compañeros de viaje verían refractada en el cristal.

–Perdón...

La voz llegó desde el otro extremo del vagón. Sentado junto a la puerta, Valerio se había mantenido en silencio desde la partida del tren, fumando un Gauloises detrás de otro y observando la escena con una leve sonrisa entre los labios, un rictus mal disimulado de amable contubernio. «Puedo contribuir a la causa», concluyó, luego de carraspear un poco y escupir, puro alquitrán y nicotina antigua, sobre el linóleo del piso.

–No me vayan a interpretar mal –prosiguió, mientras abría la mochila que llevaba sobre el pecho y sacaba de allí una especie de funda blanca amarrada con un elástico en la parte superior–, creo que hablamos un lenguaje común. Le pidió a Eva una de las *Cáñamo*, la colocó sobre sus piernas y desparramó sobre ella el contenido de la bolsa. Yo salté en mi asiento, pero nadie pareció darse cuenta de esta reacción.

(*Segunda acotación*: reacción lógica, tratándose de alguien que viene de un lugar *del Caribe* donde, además de *famoso por su hoja de tabaco* [sic], un suceso como éste, cito, más que *confianza o una extraña fraternidad*, inspira terror: si un simple cigarrito en tu bolsillo puede costar hasta dos años de cárcel, aquella cantidad equivalía a cadena perpetua. Recordemos, además, el estigma de «ilegalidad» que me abrumaba por mi permiso de *soggiorno* caducado. Me ericé de sólo pensar que de repente irrumpiera en aquel vagón un tropel de agentes uniformados, o incluso de paisano aunque inconfundibles en su operativo antinarcóticos, haciéndome cómplice, trocando mi estatus levemente transgresivo por una gruesa figura delictiva). No era necesario ser un entendido para deducir que allí habría, al menos, tres buenas onzas de marihuana, si no más. Hugo y Eva abrieron los ojos como dos niños ante una bandeja de merengue.

–Jamaicana. Yo invito.

El latigazo de resina pura impregnó el aire ya enrarecido y caliente del vagón. Sentí una cosquilla en las aletas nasales, el tufillo o el aroma conocido y característico de algunos antros del Barrio Gótico donde solía terminar mis madrugadas durante estos últimos meses, de ciertas calles oscuras del Vedado algunos años atrás, de alguna noche remota de la adolescencia. La iluminación del compartimento se había atenuado, efecto que sólo noté al contemplar el tono azul pálido del hilo de humo que escapaba de entre los dedos de Valerio. Estiró los brazos y pasó la revista con la bolsa blanca a Eva, que la recibió con la misma delicadeza y entusiasmo de quien acoge entre sus manos un ramo de tulipanes negros, para luego dejarlo reposar con similar afectación sobre sus piernas. Sus ojos, desmesurados –*negros, magníficos, velados por grandes pestañas...*–, miraron a Hugo, después a mí; parece un milagro, no es frecuente toparse convites tan generosos, parecían decir: en los encuentros fortuitos de este género la solidaridad no suele ir más allá de un par de rondas, tal vez tres según la bizarría del canuto, y luego, con suerte, esperar una próxima tanda, invocar el espíritu dadivoso del proveedor. Valerio hizo una seña para que nos sirviéramos.

Fue un momento difícil para mí. Quiero decir, me resultaba engorroso explicarles, con un libro de Escohotado en las manos, mi incapacidad para enrollar uno de aquellos, mi falta de práctica, mi segura torpeza comparada con la agilidad, la alegría y la destreza con que ellos comenzaron a trenzar sus cañoncitos de celofán. Engorroso y lamentable. Mi interés en el tema y mi aire de entendido quedarían reducidos a simple charlatanería; podría, incluso, despertar en ellos alguna sospecha (*Tercera observación*: esto último es algo que suele ocurrir con frecuencia cuando uno ha vivido toda su vida en la tierra del mejor tabaco del mundo: el súbito asalto de la paranoia en un contexto y una circunstancia que no justifican tal reacción).

Pero fue una ansiedad pasajera, pues la generosidad de la Rousset resultó mayor –y más oportuna– que mi mezquindad y mi egoísmo con la ventanilla un rato antes, al ofrecerme uno de sus tres cigarrillos liados como por encanto. El obstáculo más importante, pues, estaba salvado; para el acto inmediato, el de fumar propiamente, estaría protegido por la agradable penumbra que ahora matizaba nuestro compartimento, encargada de atenuar mi poca resistencia para retener el humo en los pulmones y la tornasolada modificación de mis ojos.

El tren avanzaba lentamente en la madrugada, se movía con letargo en su profundidad, aunque ninguno de los cuatro pasajeros de aquel vagón parecía preocuparse por la parsimoniosa cadencia de los coches. Se movía, podría decirse, con un *tempo* similar al de nuestra conversación, tranquila y resignada. En la parte superior del portaequipajes, Valerio había descubierto unos botones que servían para regular la luz, y propuso atemperarla un poco más, armonizar la penumbra interior con el matiz de la noche afuera, y de cuya gradación se ocupaba el ancho cristal de la ventanilla.

–Hoy ha sido un día largo para mí –dijo cuando volvió a sentarse junto a Eva. Un día largo e intenso, y el de mañana lo será aún más.

También para mí, pensé.

–¿Y por qué, si se puede saber? –preguntó ella, poniendo su mano izquierda sobre el muslo de Valerio.

Instintivamente miré a Hugo, pero éste no pareció darle importancia al impulso de su compañera. La contemplaba, simplemente, como había hecho casi todo el tiempo hasta ese momento; la contemplaba con arrobo, con adoración me atrevería a decir, actitud que sólo interrumpía para inclinarse hacia adelante y susurrar algo en su oído, algo que siempre provocaba la risa callada de la otra. Un rato antes, Valerio le había propuesto cambiar de asientos, pero él había respondido que prefería observar *directamente* el rostro de su amada, no atisbarla de perfil.

–Hay una muestra bastante completa del Bosco en el Prado, no sé si ya lo saben.

–Ah, eres artista –expresó Eva como quien ofrece una disculpa.

–No, simplemente me gusta la pintura. Y la del Bosco, en particular, me... gusta mucho. No estoy seguro que *gustar* sea la palabra adecuada –precisó Valerio luego de un instante de duda–, pero hay algo en su manera de ver el mundo que siempre me ha llamado la atención, como un... un desconcierto que me hace bien. No sé si me entiendes...

–El Jardín de las Delicias... –murmuró Hugo.

–No –respondió ella–. Ni tampoco conozco al tal Bosco, pero eso no importa ahora. Lo que importa es que ya sé que ese pintor está en mi ciudad, y que puedo llegarme hasta allí si quiero conocerlo.

Luego hizo una pausa, miró a Valerio, y añadió: Sí, iré. Es posible que mañana mismo.

–No, no irás –dijo Hugo. Pero tal vez quería decir «no, no lo conocerás».

–Con nuestro *caro* Valerio en el museo, la fuma estará garantizada. Y contemplar esos cuadros bajo un efecto adicional puede hacer más interesante la visita y la percepción –dije, intentando mitigar algún indicio de tensión, cualquiera que esta fuese.

Valerio vino a sentarse en el espacio que quedaba entre los pies de Eva y los míos. Haciendo pantalla con las dos manos a ambos lados de la cabeza, pegó la cara al cristal de la ventanilla, y así estuvo un par de minutos en silencio, mirando la noche. Luego se viró hacia mí y dijo: «Estamos llegando a Calabuch». Cuando me pasó el cigarro que atenazaba entre los dedos, pude ver sus ojos muy abiertos y una sonrisa que parecía cubrirle todo el rostro. Luego miró su reloj, y volvió a pegar la cara al cristal empañado. «Aunque sean las tres y media de la madrugada y no haya un alma en ese andén, debían hacer una parada en este pueblucho, una parada simbólica, digamos, como un homenaje. Eso sería bonito».

–¿Y por qué debería parar aquí a las tres de la madrugada? –preguntó Eva, tímidamente, mirando de soslayo a su novio.

–Porque aquí nació Buñuel, querida. Sólo por eso.

(*Comentario cuarto*: recuerdo que en ese momento intenté bromear a propósito de los innumerables *homenajes* que en cada viaje realizan –o perpetran– con todo rigor los trenes de mi país, peculiaridad que los distingue y que, de acoger la sugerencia de Valerio, haría de nuestro sistema ferroviario uno de los más respetuosos y cultos del mundo. «No es por azar, sino para dar testimonio / que nacemos en un lugar y no en otro», dijo en alguna ocasión Eliseo

Diego. Pero, como Bartleby, preferí no hacerlo, pues, como –a su vez– diría Baudelaire, «el verdadero héroe es el que se divierte solo». En última instancia, también, explicar todo esto podría parecer un poco pedante...).

Una hilera de luces intermitentes corrió de un lado al otro de la ventanilla, indicio de que pasábamos por un lugar habitado, una sucesión que amalgamaba destellos de alumbrado público con parcas iluminaciones interiores. Nuestro homenaje, entonces, instintivo y modesto homenaje de viajeros insomnes, consistió en pegar nuestras narices al cristal en el mismo momento en que el tren pasaba trepidando frente al desolado andén de Calabuch. En ese instante imaginé que una cuchilla gigantesca abría de un tajo nuestros globos oculares, los vaciaba con una incisión fría y perfecta, esparciendo una masa pegajosa de nervios temblorosos, de viscosas secreciones sobre la hoja de acero. Creí sentir la gélida incisión sobre la córnea, el filo punzante que saja el ojo con minuciosa y elegante precisión.

Aparté la cara del cristal. Mi reacción fue pasar la mano sobre la superficie, un fregado circular y enérgico, intentando despejar la impresión y la nube que el humo y el vaho habían formado sobre él, una neblina que apenas dejaba mirar hacia afuera. Al caer sobre mi asiento, un destello de luz atravesó el redondel de área limpia. En ese momento recordé el pronóstico para esa noche sobre los objetos luminosos en el cielo. «Las Leónidas», murmuré, pero ninguno de ellos pareció escucharme; se miraban entre sí y se reían, pegados al cristal, observando nada, se reían simplemente y de nada, pues salvo el orificio abierto por mí en la niebla, todo el resto seguía cubierto por la nata blanca de la bruma. Y pasado Calabuch, afuera sólo había oscuridad tangible.

«Los tres se lanzaban miradas rápidas y amistosas. Aunque eran de condición diferente, los hermanaba el narcótico porque pertenecían los tres a esa francmasonería de los toxicómanos...», sólo que ahora, en vez de hacer sonar el oro, palpan monedas de éxtasis al meter las manos en los bolsillos de sus pantalones. Eso pensé entonces. He puesto *narcótico* donde debía decir «dinero», y *toxicómanos* en lugar de «pudientes» porque, desde mi *punto de vista* –ofuscado, confuso, fabulador–, la situación se me antojaba –comenzaba a parecerme– muy similar a *aquella,* aunque ningún caballo tirara de esta diligencia. Soy incorregible: una vez que mi cabeza se dispara, no deja de hacer asociaciones entre ficción y realidad, entre literatura y existencia y su relación con mis circunstancias inmediatas. Pero tampoco esta vez dije nada. El silencio ha sido siempre mi mejor aliado: elegante, infalible, conveniente. Decidí callar: el brazo derecho de Eva enlazaba la cintura de Valerio, un engarce que rebasaba la simple camaradería, mientras Hugo, siempre pegado al cristal y las manos alrededor de los ojos como un caballo con orejeras, citaba libremente a San Agustín y comentaba que no había lugar, no había ningún lugar, que íbamos hacia adelante y hacia atrás, y no había lugar. Valerio se volvió hacia mí, sonriendo, y señaló hacia donde estaba la bolsa blanca.

–Cubano, sírvete.

(*Didascalia, quinta*: no tengo que explicar por qué, en esa circunstancia, el apelativo me hizo pensar. Patronímico geográfico más que gentilicio parecía, dicho de esa manera. ¿Dos patrias tengo yo? La noche, seguro. ¿Qué patria tengo yo? ¿Mi tierra, la mía, dónde está? En Europa fui extranjero y soñaba con Cuba. En Cuba me siento extraño y sueño con Europa. ¿Acaso la patria es el lugar donde no se está? ¿O es aquella donde, según Stendhal, encontramos la mayor cantidad de seres que se nos parecen? Será que las patrias no existen, en ninguna parte. Yo siento que pertenezco a un lugar mediante experiencias concretas, lo que hace que esta afinidad específica esté más cerca de personas, ambientes y situaciones determinadas que al nombre de una comarca. En estos casos, esté donde esté, me siento en casa, lejos de nada (¿lejos de dónde?), y ese instante, con su brillantez, puede ser eterno y puede ser *la patria.* Claudio Magris, erudito y viajero incansable, y también Chatwin en algún momento, intentan explicar este sentimiento a partir de la expresión latina *stabilitas loci*: el amor intenso y tranquilo por la tierra natal, que permite transcurrir toda la vida en un rincón perdido sintiéndose en casa en cualquier lugar del mundo, y sin el deseo de partir o huir –ver Lezama).

Inclinado sobre el asiento contiguo, gozaba de una perspectiva ideal para especular sobre el sentido de nuestras cuatro presencias en ese punto móvil del universo, exactamente aquellas tres pegadas al cristal y la mía en una misma tangente diagonal, mirada oblicua que por accidente descubre algo que no le concierne pero le inquieta. (*Sexto comentario de texto*: Significación y destino, expresados del modo más claro y preciso posibles. O lo que es lo mismo: decir de la forma más sencilla que haya –que es la más elocuente. Y, jamás, dejar atrás lo que encuentro ante mí. O bien fijarme en lo que tengo muy cerca –como lo que sucedía en ese momento, por ejemplo. Como si en el mundo limitado que tengo ante mis ojos pudiera encontrar una imagen de la vida más allá de mí, o quisiera convencerme de que cada cosa de mi vida está ligada al conjunto de las cosas que a su vez me atan al vasto mundo, al mundo sin límites, que se despierta en la imaginación, tan amenazador y desconocido como el mismísimo deseo. En fin, lo que ahora hago). De alguna manera, era Hugo quien mejor me caía, quien desde el principio pareció realmente atraído por mis opiniones, sin preguntarme nada personal y sin usar ningún gentilicio para dirigirse a mí. Podría solidarizarme con su genuino interés por el diluvio de meteoritos, con su inocencia respecto a lo que parecía suceder a sus espaldas, y, con las pruebas irrefutables que me brindaba mi enfoque privilegiado llamar su atención, discretamente, sobre lo que estaba ocurriendo. Pero la bolsa de nailon blanco adelgazaba aceleradamente; cualquier cosa, absolutamente cualquier cosa que se dijese a esas alturas parecía ser motivo de risa, y era difícil prever cómo reaccionarían. Aunque fuera plena madrugada, un escándalo llamaría la atención de los controladores, y mis papeles, ya se sabe, no estaban «en regla». *Preferiría no hacerlo*, pensé otra vez. En ese preciso momento, Hugo gritó.

Valerio cayó sobre el asiento, y Eva se volvió, espantada, a mirarlo. –Los meteoritos, ahí están… Las Leónidas… Él tenía razón… –dijo, al mismo tiempo que me señalaba con un dedo sin despegar la cara del cristal. Sacó un pañuelo de su pantalón y limpió la ventanilla completa, moviéndose a ambos lados con la emoción de un limpiaparabrisas. El recuadro de cristal se transformó entonces en un retablo alumbrado por *luz negra*, una gran pantalla panorámica, una pared de vidrio que dejaba ver la cascada de copos luminosos y efímeros en la negra pradera del fondo. Miles de cometas bailaban una danza loca, convulsa, con breves intervalos de quietud que parecían programados con el único propósito de acentuar la oscuridad casi absoluta que en ese instante se producía, opacidad que realzaba la brillantez apenas entrevista, su fugacidad, dejando una estela de resplandor en las pupilas que se difuminaba sólo los segundos necesarios para disponerte enseguida a recibir la nueva avalancha refulgente.

Valerio aprovechó para prepararse otra de sus níveas brevas. Sus modos de hacer activaron una vez más el incorregible comportamiento de mi retentiva literaria para hacerme recordar que Cornudet, el amigo de madeimoselle Rousset, «…tenía una manera especial de descorchar la botella, de contemplarla, inclinando el vaso, y de alzarlo para observar a la luz su transparencia. Cuando bebía, sus largas barbas se estremecían de placer; guiñaba los ojos para no perder su vaso de vista y parecía que aquella fuese la única misión de su vida. Se diría que parangonaba en su espíritu, hermanándolas, confundiéndolas en una, sus dos grandes pasiones: la cerveza y la revolución». Así pues, la manía de Valerio parecía consistir en su excesiva prolijidad al enrollar sus cigarros, al encenderlos, inclinando el pitillo en alto para regodearse en su contemplación. Cuando fumaba, su bigote se estremecía de placer, guiñaba los ojos al concentrar su atención en el cigarro y parecía que aquella fuese su única ocupación en la vida. Aunque no podría decir con qué pudiera parangonarse. Su mirada ahora se movía con insistente cadencia entre mi rostro y las espaldas de Eva, giraba hacia un lado y hacia el otro como la cabeza de un aficionado en Wimbledon, y sus ojos, cuando me miraba, parecían reclamar una complicidad que yo no estaba dispuesto a compartir. Para entonces, creo que ni siquiera estaba seguro de que esas estrellas movedizas fuesen reales, de que no me lo hubiera inventado todo, de que ese advenimiento estuviese sucediendo.

Aun así, en un momento determinado tuve la sensación de que una de esas rocas de luz vendría directamente hacia nosotros y reventaría contra la ventanilla, siendo esa frágil amalgama de cristal nuestra única y precaria protección en aquel momento, una sensación muy parecida a la que se puede tener al viajar en avión, cuando, segundos antes de entrar en la densa paranoia –como yo con mis documentos–, descubres que entre tú y la eternidad sólo media una delgada capa de aluminio y lignito. Bien mirado –o *mirado* de la manera en que sólo *podía* hacerlo en ese momento–, parecía un milagro que en aquel caos de fuego continuo no te rozara alguna de aquellas piedras refulgentes. Las veía venir directamente hacia nosotros, y luego pasar raspando el techo del vagón, lamer su capa protectora de acero, provocando fragor y centellas al contacto. Mirada y status precarios. La filosa hoja de navaja parecía una caricia comparada con esta posibilidad... Creo que esta sensación tenía algo que ver también con el hecho de que llevaba ya mucho tiempo viajando, moviéndome incesantemente de un lugar a otro. Probablemente ya era hora de regresar, aun sabiendo que con ello se apagaría el espíritu de aventura que en ese momento *necesitaba*. Sabiendo que el viaje siempre es fuga, pausa, irresponsabilidad, reposo respecto a todo auténtico riesgo: el gran riesgo de la casa, ahí donde de verdad nos jugamos, para bien y para mal, la vida, la felicidad, la infelicidad, la pasión... Probablemente también comenzaba ya a transitar de la etapa eufórica a la depresiva o temerosa, propiedad característica de la planta jamaiquina. Un temor que llegaba acompañado por una dosis de agradable furor estático y mordaz. El tren parecía haber ralentizado aún más su ya perezosa marcha, cortesía de la empresa ferroviaria para facilitarles a sus pasajeros la contemplación del espectáculo celeste. O era mi cabeza la que se detenía. Me ardían las cejas, sentí un olor a pelo chamuscado, fuertes pisadas en el pasillo del vagón. Habían llegado. Miré a Eva y me pregunté si, de entrar, ella sería capaz de sacrificarse por mí (como un siglo antes la otra lo hizo por todos). Un pensamiento procaz y una visión enaltecedora, adornados por un fondo resplandeciente en el telón oscuro de la madrugada.

Cuando desperté, estábamos en la estación de Atocha. Creo que fue la luz artificial de los andenes lo que me hizo abrir los ojos. Frente, ocupando los dos asientos, Hugo dormía, de espaldas a mí, la cara pegada al respaldar de cuero y sus dos brazos formando una almohada bajo la cabeza. Me quedé mirándolo durante un par de minutos, como si no entendiera qué hacía allí, en aquella posición. A sus pies, en el piso del compartimento, estaba su equipaje. Encima había una hoja de papel doblada en dos, seguramente una nota, con un dibujo infantil en la parte superior que reproducía la clásica cola de un cometa. No había nada más. Ni nadie.

Tomé el papel y lo abrí. Luego volví a dejarlo en el mismo sitio.

Sin hacer el menor ruido me levanté y agarré mi mochila del portaequipajes. Todo estaba en calma. Un segundo antes de abrir con cuidado la puerta volví a mirarlo. Recuerdo que en ese momento sentí un olor agradable, delicado aunque penetrante, parecido al que despedían las sábanas guardadas por mi abuela en una de las gavetas de su armario.

Rosso lombardo

A Lucio B.

Hay cosas que pueden cambiar de un momento a otro. A veces todo comienza con nada, un gesto, una frase perdida en una ciudad llena de voces y de objetos, con sus plazas y su barrio antiguo y los jardines y mercados y el Sacromonte al fondo; gente que se mueve a pie y que a veces se demora en la esquina a mirar las portadas de las revistas en el estanquillo y los coches rápidos por las calles mojadas pero que también se detienen ante el peatón apresurado, que le hace una seña con la mano a la mujer que va al volante y apura el paso, cruza la calle y se acerca al café, apretando la bolsa de las compras contra el pecho, protegiéndola de la lluvia, la muchacha al timón del auto esboza una sonrisa, condescendiente, y por un instante me parece que esa sonrisa va dirigida a mí, que estoy sentado a una mesa bajo el toldo verde del Vecchio Caffè, perpendicular al paso del hombre que se aproxima con la bolsa bajo la llovizna. Todo es gris siempre a esta hora, termina el otoño, nadie parece notarlo salvo por la lluvia fina, en las otras mesas leen con calma los periódicos de la tarde, o se conversa en voz baja, y en la acera frente al café, del otro lado de la calle, unas mujeres se detienen ante el cristal de la peletería. Tal vez, luego de todo un día de faena, confundía las palabras que escuchaba a mi alrededor, las miradas, las señales de los otros que nada tenían que ver conmigo. Yo sólo quería celebrar modestamente mi segunda paga, después de dos meses de trabajo y frío, paladeando un espresso como únicamente lo hacen en el *Vecchio*. En la suave indolencia de una tarde de noviembre, sin permiso laboral pero con un buen salario para ser un simple ayudante. Un salario excelente, pura gentileza, teniendo en cuenta que vivía en casa de mi propio empleador, por lo que me ahorraba el alquiler, el dinero para desayuno y cena –almorzaba con la cuadrilla en cualquier *trattoría* cercana– y el traslado hasta el lugar de trabajo: andata e ritorno iban por la empresa. De todas formas, lo más terrible pesaba tanto como las ventajas: levantarme cada mañana a las siete, casi siempre con lluvia o frío, un frío que estremecía mis huesos, para una hora después, con más frío aún, escalar un andamio interminable hasta la azotea de la mansión, cargando las latas de pintura, los cubos de yeso y cemento, los rodillos, los esmaltes y la merienda. Una estructura de aluminio y acero donde se pegaba la escarcha de la noche anterior, donde los guantes de cuero se adherían como imantados en los cristales punzantes del agua congelada. Unas horas después, con un poco de sol, la escarcha comenzaba a gotear y transformaba los tubos en vigas resbaladizas, barras para el baile de la muerte. Todo el andamio era un peligroso trapecio volador, y yo el joven audaz que zapatea en lo alto. Desde la terrena seguridad de mi mesa, otra vez en el Vecchio, comparo ahora aquella altura con la del edificio frente al café, mientras la gente abajo continúa circulando tranquilamente con sus paraguas, ajenas a lo que arriba podría suceder.

Entre la grava del sendero y el puntal de la casa habría unos cincuenta metros, fácilmente escalables en condiciones normales. Pero algunas mañanas, además de hielo, había viento, rachas de aire gélido que me raspaban la cara como una lámina de esmeril, se metían entre la ropa, hacían que me tambaleara a medio camino con todo el peso de la carga encima. En ocasiones, alguna corriente fuerte me obligaba a aferrarme a una barra de acero congelado, y la humedad se me metía en el cuerpo y entumecía mis articulaciones. La primera escalada era la más difícil, la más peligrosa también, cuando aún no amanecía del todo. El tiempo calculado para el ascenso era de unos ocho minutos. Sin embargo prefería ese momento para subir. Sin ansiedad ni pesar, pues una vez arriba, llegado al punto más alto de aquella mansión sobre una colina de Azzate, el Monterosso aparecía en todo su esplendor, exactamente a las siete y cuarenta y dos minutos de cada mañana. Un panorama espectacular, en nada parecido a los paisajes habituales de mi país, tan verde y monótono, tan caliente y húmedo, tan llano y marabú. El imponente macizo, cubierto de nieve, ostenta todo el año ese tono rosado, a veces casi rojo, con vetas azules que lo atraviesan hasta la base, donde los rayos del sol se reflejan creando gamas y variaciones entre el bermejo y el prusia y un corrimiento hacia el magenta al avanzar el día.

Ahí arriba, en el techo de la mansión, todo era silencio, un silencio que incorporaba quedamente el susurro del viento, el canto de algún pájaro, sonidos afines con aquella quietud, una *columna sonora* orgánica y propia de semejante visión. Era una especie de regalo, de deleitosa gratificación momentánea, un premio merecido y cotidiano, sobre todo por el esfuerzo que para mí significaba levantarme a las siete de cada mañana a trabajar, luego de casi toda una noche en vela leyendo, escuchando música, caminando por las calles de madrugada. Dadas las circunstancias, dormir era una pérdida de tiempo, no era el lugar ni el momento para hacerlo, como si cualquier hora entregada al sueño significara una hora no vivida, una hora que no existió, que jamás será recuperada. Muchas veces, al subir, mis ojos amenazaban con cerrarse, sentía disminuir la presión de mis manos en la barra de acero, pero ahí, al final, estaba el Monterroso, y a partir de entonces ya nada podría suceder; llegaba exhausto y desgastado a la cornisa donde me sentaba a mirar, y mi cuerpo comenzaba a dilatarse, mis músculos se tonificaban con una extraña vibración interior.

–Demi Moooooooore!!… enroscándose en la barra del Hot Tuna y resbalando por ella en *Streaper*… ¿La viste? No, seguro que *allá*, de donde tú vienes, no la han puesto… como ustedes son tan moralistas… Te vi subir, y te quedó bien, para ser franco… desde abajo se veía maravilloso, aunque me jures que no, que no pensaste en ella… pícaro.

Cinco minutos, tal vez diez si era un día de suerte: sólo eso duraba el éxtasis.

–Como siempre, en el arrobamiento –llegaba sin hacer ruido, la voz venía de mi espalda, acercándose–. Y ni una lata de pintura abierta, ni un color mezclado, ni un cepillazo al repello viejo. Qué molicie… Ay, tu patrón no sabe lo que ha hecho cuando nos puso a trabajar juntos.

Tonino.

Algunos años después volví a pasar por aquel lugar. Iba con F. en su auto, hablábamos de cualquier cosa mientras echaba rápidos vistazos al paisaje. Comenzaba el invierno, como aquella vez, y de repente todo se me hizo familiar. No tenía idea de dónde nos encontrábamos, pero sabía que en algún momento había estado allí, como si todo volviese *a su antigua claridad*: conocía ese tono de luz, opaco con esporádicas manchas de sol, el color de las casas, un marrón suave, parecido a la cerámica, ni rojo ni púrpura, *rosso lombardo* había dicho el boss, un matiz encarnado propio de aquella zona; los techos de pizarra, los cipreses y el bosque. Se lo comenté a F., que me miró de reojo y sonrió. No dijo nada, siguió conduciendo, y luego hizo una maniobra que evidentemente no estaba en el programa, se salió de la carretera secundaria y enfiló por un sendero flanqueado de altas vallas, detrás de las cuales podía adivinarse la presencia de casas señoriales, augustas, aunque ya sin el esplendor de los jardines que en un tiempo podían contemplarse desde el sendero. Unos diez minutos después se detuvo ante el portón de una de aquellas mansiones, y me dijo «mira». Allí estaba la casa de Azzate, sobre la colina. Habíamos hecho un recorrido distinto al habitual, no sentí la ascensión, y pude reconocer el lugar sólo cuando me fijé en el tejado. La verja de hierro del portón estaba abierta. Miré a F., y él hizo un movimiento con la cabeza que quería decir, anda, ve, yo te espero aquí.

Al avanzar por el sendero de grava que conducía hasta la entrada principal de la casa, idéntico al de entonces, noté que no sentía ningún temor al adelantar mis pasos sobre aquella superficie. Años atrás, el desasosiego me acompañaba cada amanecer, el crujido de las piedras bajo mis botas resonaba como el presagio a la posible presencia en algún lugar del jardín de una autoridad que revelara mi verdadero estado legal, mi condición de clandestino feliz, mi atrevimiento, sensación que sólo se disipaba al llegar a la azotea, ante la visión del Monterosso. Recordaba algo que ya creía olvidado, sólo que ahora, legal y tranquilo, tuve la impresión de estar allanando un lugar, no tendría siquiera una excusa reprobable para justificar mi presencia allí. Todas las ventanas estaban abiertas, pero no parecía haber nadie. Fui bordeando la casa por una vereda plantada de magnolias, donde antes sólo había hierba y escombros, y llegué hasta la parte de atrás. El espacio donde una vez estuvo la caseta para los materiales y las pinturas era ahora una elegante pista de tenis, amasada con arcilla verdadera y bancos de madera blanca a los lados. El color de la tierra batida de aquel campo era muy similar al de las paredes exteriores de la mansión, granate leve y ocre en el alféizar, y las líneas de cal una prolongación del trazo claro y angular de los ventanales de la terraza. La cerca de malla alrededor de la pista estaba cubierta por una enredadera de lilas. En fin, que podías cerrar los ojos un instante y sentir las voces y el sonido de la pelota al ser golpeada y las risas y en sordina el agua de la fuente un poco más allá. Y también el ruido de hombres trabajando, de escombro al caer, de carretillas cargadas y serruchos sobre la madera. Pero al abrirlos sólo escuché el rumor de la brisa en los árboles, los mismos árboles de entonces, y el claxon del auto de F. Tomé el sendero opuesto para salir, y al bordear la casa por el lado oeste encontré una lápida de mármol sobre la tierra. La hierba crecía alrededor, y no había sobre ella ninguna inscripción. Todo lo demás había sido restaurado, pero *eso* era nuevo. No podría explicar por qué, pero la visión de aquella loza de mármol sobre la tierra me hizo mirar hacia arriba. Y tampoco puedo estar seguro, tal vez los rayos de un sol tímido y directo en ese instante encandilaron mi vista, pero al mirar arriba me pareció ver a alguien que caminaba sobre el alero, haciendo equilibrio con los brazos abiertos.

Como Tonino. Aquella mañana. Había tirado al piso de la azotea la escalera, y caminaba sobre uno de los angulares de madera como si se desplazara por un raíl de ferrocarril. No recuerdo qué contaba, pero de seguro no era el final de Ana Karenina. Parecía más bien la descripción hiperbólica –siempre era hiperbólico– de un corto silente sobre héroes y villanos, en el que el malvado había atado a la línea a la muchacha para vengarse de su desaire; ya podían oírse los pitazos de la locomotora que se aproximaba, rugiente y envuelta en una nube de vapor, y el maquinista de gorra y bigote que sacaba medio cuerpo por la ventanilla y halaba con frenesí la cuerda del silbato mientras Tonino entre los travesaños de la escalera gritaba desaforada, las piernas y los brazos elevados al cielo pidiendo clemencia o una mano salvadora, que debía ser la mía, súbitamente transformado en el galán salvador que luego de ajusticiar al malvado llega a último momento y desata a la muchacha dos segundos antes del paso atronador de aquella mole de acero Pacific Railroads. Sólo que entonces no llegué a entrar en escena, pues en el momento de mayor frenesí, la cabeza pelada al perder el gorro de tanto forcejeo fingido los ojos en blanco y la boca ululante llegó el patrón, atraído por los chillidos de la diva. Que siguió gimiendo y retorciéndose entre la madera durante algunos segundos más, luego se detuvo, hizo silencio y me miró, implorante primero y luego aterrado cuando escuchó el rugido *machecazzofaiporcamiseriaalavurá!!!*

Una hora después de la primera ascensión, saciado ya de la vista del Monterosso, bajaba a comer algo. Al descender ya no pensaba en el frio, o en el peligro, en el viento gélido que te tasajeaba la cara; bajar era como recuperar el sentido de por qué estaba allí, de por qué hacía este trabajo, lo que se me antojaba una toma de conciencia de mi superioridad. Cierto escritor francés aseguraba que si el mito de Sísifo era un mito trágico se debía a que su protagonista tenía conciencia. Conciencia de la iniquidad y la sinrazón de su castigo, del absurdo que sin embargo *dotaba de sentido* sus continuos ascensos y descensos. Se preguntaba qué podía significar aquel castigo si a Sísifo lo sostuviera, a cada paso, la esperanza de conseguir su propósito. «El obrero actual trabaja durante todos los días de su vida en las mismas tareas y ese destino no es menos absurdo. Pero no es trágico sino en los raros momentos en que se hace consciente. El esfuerzo mismo para llegar a las cimas basta para llenar un corazón de hombre». Lo mismo que el esfuerzo para descender. Hay que imaginarse a Sísifo dichoso.

Una vez abajo, sacudía la escarcha y las gotas de agua sobre mi ropa y levantaba la vista hacia lo alto del edificio. Sabiendo que lo haría, Tonino aprovechaba para caminar por el alero y agitar frenéticamente las manos, como quien intenta librarse de unas garras invisibles que lo aprisionan. Sin gritar ahora, su boca se abría en una mueca de alarido implorante, era el terror de la rubia entre los dedos de King Kong en la azotea del Empire State. Aleteando en el vacío.

Pero estoy cansado, tal vez. Debe ser la atmósfera, cargada ahora de humedad. A veces el lago Maggiore hace así, trae una neblina densa que te penetra los poros y te los cierra, haciéndote sentir las piernas como dos pedazos de madera. Dije tal vez, pero no, estoy cansado *realmente*. Cansado de trabajar. Faulkner sabía de lo que hablaba cuando dijo que una de las cosas más tristes es que lo único que un hombre pueda hacer durante ocho horas al día, día tras días, sea trabajar. No se puede comer durante ocho horas por día, ni beber ocho horas por día, ni hacer el amor ocho horas: lo único que se puede hacer durante ocho horas es trabajar. Y ésta es la razón por la que el hombre se vuelve, y vuelve a todos los demás, tan miserable e infeliz.

Me hago traer otro espresso, esta vez con un poco de chocolate espolvoreado encima de la espuma. Siempre vuelvo a este café. A un lado de viale Belforte, cerca del teatro y de la estación de ferrocarril. Me gustó desde la primera vez, su aire de barrio y su decoración sencilla, sus mesas de madera pulida bajo la penumbra de una iluminación discreta aunque suficiente, el vapor sobre la cafetera, los diarios doblados encima del *bancone*, como al descuido, sin esas presillas como floretes de palo, sin televisor ni detergente barato en los baños. Por supuesto, se puede fumar, algo que en estos tiempos de fundamentalismo antitabaquista lo hace meritorio de una estrella Michelín. No hay grandes edificaciones a su alrededor, por lo que en las mañanas claras uno puede ver, sentado a cualquiera de las mesas junto al ventanal de cristal, la silueta del Sacromonte a lo lejos, esplendente en su Campo dei Fiori. Pero lo que finalmente logró conquistarme fue la sorpresa, una mañana, cuando el dueño, luego del saludo ya familiar y el gesto de lomismodesiempreno? y mi asentimiento, se acercó a mi mesa con el binomio habitual capuccino-brioche y me comunicó, como al descuido, que podía recibir mi correspondencia en ese lugar si así lo deseaba –la misma que podía ver cada mañana sobre algunas mesas, donde no se sentaba nadie hasta que llegaba su propietario–, lo que me convertía, finalmente, en un *cliente de la casa*. Una distinción a la constancia, a la asiduidad parroquiana, a la lealtad y el espíritu consuetudinario. Como Sartre en *Deux Margots* o Thomas Mann en el *Florian*, podría quedarme allí todo el día si quería, sin el deber de consumir como garantía de mi permanencia, escribiendo o simplemente leyendo a sabiendas de que alguien velaba por preservar mi intimidad. Con derecho a un abonamiento mensual que reducía a casi la mitad el importe de aquel binomio como prima colazione y la opción de poder escoger si prima il dovere e poi il piacere: *Gazzeta dello sport* o *Il Manifesto*.

Pero no fue en ninguno de estos dos periódicos donde vine a saber de lo sucedido. Nada político o deportivo hubo en ese tránsito hacia la nada. Por lo general, este tipo de noticia llega de improviso, como un aluvión, o un exabrupto, en el lugar o el momento menos esperado, lo que hace que el impacto sea más brutal, y uno de repente siente que no puede reaccionar, tartamudea, farfulla cualquier cosa en el intento de encontrar la expresión adecuada; uno puede hasta comportarse como un necio al dejar escapar, en medio del estupor, una sonrisilla estúpida que hace más penosa la situación, que en el fondo no es más que nuestra resistencia a creer, a aceptar el hecho como algo consumado donde ya nada podemos hacer, salvo el ridículo o la resignación.

En una de las últimas performances que representó para mí, en la azotea del palacio de Azzate, había dejado los brazos y las piernas al descubierto, indiferente al viento gélido que erizaba los vellos de las manos –las piernas estaban depiladas–, y cubrió la superficie levemente morada de la piel con unas manchas pequeñas de pigmento marrón, el mismo tono tantas veces visto en las fachadas, en los frontispicios y exteriores de aquella comarca, el punto granate típicamente *lumbar* según el dialecto septentrional del boss. Soy la serbia moteada de *Blade Runner*, me dijo, y ahora, mientras yo me agarro *temerariamente* al alero, colgando hacia el vacío, tú me rocías unas gotas de agua *en el rostro*, y ya entonces no sabrás si son lágrimas o fina llovizna tóxica lo que resbala por mis mejillas oh, pobre mundo miserable… ¡Frusciami! ¡Frusciami!, comenzó a gritar. Sólo que ahora la línea de tren como lecho de muerte no era una inocua escalera de madera tirada sobre el piso ni aquel frío tubo de andamio la barra caliente y peligrosa de un tenebroso local de stripers; el alero era el alero, una cornisa decimonónica en reparación a cincuenta metros de la tierra, y él colgaba de allí como Toni Curtis en la última escena de *Trapecio*, dijo, sin malla protectora debajo, sin el rictus burlón de sus gruesos labios desplegados como un jamo balbuceando guardami ragazzone guardami los ojos en blanco la lengua larga y afilada vibrando entre los dientes blanquísimos no, su cara no era su cara sino más bien una expresión tristísima resignada consumida patógena que nada decía, que *nada* quería decir, y algo de espanto debe haber visto en la mía pues de un salto volvió a caer dentro del área de la azotea donde trabajábamos, y sin decir una palabra, sin mirar a los lados como siempre para cerciorarse que nadie lo había visto compuso su overol, agarró su brocha y se alejó arrastrando los pies hacia la otra punta, hasta allí desde donde tan bien se veía el Monterosso. Salvando las diferencias en las circunstancias de los personajes, la historia, pensé en ese momento, se me antojaba cada vez más parecida a la recreada por Manuel Puig en su novela más conocida. Él seguramente había visto la película, pero no llegué a preguntarle.

Un día descubrí que el ambiente, la *atmósfera* del Vecchio facilitaban mi concentración para escribir. Rodeado de conversaciones y de humo. Vuelvo y encuentro que todo sigue igual que antes –la misma llovizna, la gente que entra y sale, el auto que se detiene a mitad de la calle y alguien hace una seña al peatón apurado–, lo que hace que no más sentarme, saludar al dueño (como si el tiempo no hubiese pasado) y olfatear el aroma del café y el pastel con crema que enseguida aterrizaron frente a mí, sienta la necesidad de sacar bolígrafo y papel y continuar con el libro que llevo conmigo hace una semana. Traduzco unos cuentos de Tabucchi, abro el libro por la página marcada y leo que, según el italiano, los barrocos amaban los equívocos. «Calderón y otros como él», dice, «elevaron el equívoco a metáfora del mundo. Supongo que los animase la confianza de que el día en que salgamos del sueño de estar vivos, nuestro equívoco terrenal finalmente será esclarecido». Y continúa el italiano: «Yo también hablo de equívocos, pero no creo que me gusten; más bien soy dado a *repetirlos*» (el subrayado es suyo). «Malentendidos, incertidumbres, tardías comprensiones, llantos inútiles, recuerdos tal vez engañosos, errores irremediables: las cosas fuera de lugar ejercen sobre mí una irresistible atracción, como si fuese casi una vocación, una suerte de estigma lamentable privado de sublimidad...». Según me contó F. al regreso de Azzate, toda la vida de Tonino había sido eso, un gran equívoco, «sin importancia», añado yo ahora, sentado a una mesa desde donde se divisa el Sacromonte, siguiendo las palabras de Tabucchi, y también como él, parecía estar siempre tentado a repetirlos, Tonino, incapaz de resistirse a su engañosa atracción, como una extraña vocación, exactamente, una propensión en la que sin embargo parecía encontrar placer. Ni siquiera supimos nunca su verdadero nombre, continuó F., de ahí que sobre la piedra que viste no haya nada escrito, ni fechas, ni apodo, nada. Nadie sabía donde vivía, por eso nunca pudimos localizarlo cuando faltaba, sin ninguna excusa, y luego se aparecía, tres días después, como si nada, desecho, ojeroso, a veces con magulladuras por todo el cuerpo. El boss amenazaba con descontarle del salario las ausencias, con despedirlo sin contemplaciones, pero al final no hizo ninguna de las dos cosas, mucho menos cuando comenzamos a sospechar que aquellas marcas, ya convertidas en moretones, no eran la consecuencia de una noche desenfrenada. Por otra parte, su ánimo pareció nublarse de repente, continuó F., como esos días allá en tu tierra, cuando en unos pocos minutos pasas del pleno sol al aguacero torrencial, no bromeaba, apenas hablaba con nadie, sus grandes ojos parecían apagarse un poco más cada día, y lo único que se nos ocurrió hacer fue cambiarlo de la azotea al sótano de la mansión. Aún no sé si fue peor el remedio. Por las dudas el resto de la cuadrilla rehusaba trabajar con él, los muy fetentes, y aquel sótano era bastante deprimente. Se quedaba allá abajo, solo, silencioso, ni siquiera salía para comer, algunas veces llevaba algo envuelto en papel plateado, una fruta o un emparedado, a veces no... Si tenía sed se pegaba a la pila del agua, y orinaba contra las paredes y después rociaba un poco de diluente para espantar el olor. Por momentos casi que nos olvidábamos de él, por eso nadie vio cuando subía otra vez por el andamio, seguramente con mucho esfuerzo pues ya apenas tenía fuerzas. Yo no estaba ese día, pero alguien que trabajaba en una de las habitaciones que dan hacia el poniente me contó que, ya casi al atardecer, de repente vio un reflejo plateado por el cristal de la ventana, como una gran moneda de plata que cae, y enseguida un golpe seco contra la tierra. Tal vez resbaló. Tal vez preparaba otro de sus performances. Se había tapizado el cuerpo con los trozos de aquellos papeles con que envolvía su merienda, sus manos y la cara pintadas de bermellón, ardiente cinabrio, rojo típico de la región, o como tú prefieres llamarlo, siguiendo al boss...

Miré por la ventana hacia el Campo de Flores. El *macizo*, como pretenciosamente también algunos le llaman, exhibía su monte sagrado en todo su esplendor, y sus doce capillas, aunque invisibles desde mi mesa, parecían convidarme a la ascensión. Una subida con un propósito muy claro. Y un descenso purificador, tal vez. Comenzó a lloviznar, una lluvia fina que, sin avisar, se fue transformando lentamente en pequeños copos de nieve. Según F., hacía mucho tiempo que no nevaba aquí.

Un aire que bate

I.

Creo que si de algo he presumido alguna vez ha sido de tener pocos aunque buenos amigos. Comúnmente, mucha gente se vanagloria de tener *muchos* amigos, casi siempre buenos, por demás. No lo puedo entender. No es posible tener *muchos buenos* amigos. Sospecho de aquellos que lo afirman. Huyo de ellos, para ser exacto. ¿Y cómo hacer, si no, cuando sé que por muchas concesiones que se hagan –casi siempre necesarias–, cada vez se vuelve uno más exigente, más selectivo con esos que quiere mantener cerca? El paso del tiempo te deja más años en la espalda y menos personas en tu selectiva lista, se podría decir. Y no puede ser de otra manera. Como si cada vez fuesen menos los que aguantarían la puerta dando tiempo a que tú escapes; los que, ya estando en movimiento, detendrían su marcha para reducir las distancias; los que pondrían un dedo en el orificio del dique. *Son pocos pero son*, ya se sabe. Y casi nunca se confiesan como tales. Por tanto, si escribo ahora es sólo a modo de glosa, exégesis de una de estas –extrañas– afinidades. Uno de la distinguida lista.

Atilión González y Esther María López, dos muchachitos cubanos que dejamos en la primera temporada colgados de una 27 por Zapata, reaparecen ahora en esta segunda parte en el norte de Italia, cada uno llevándose un sabroso emparedado a la boca, sonrientes, felices, la algarabía de los pasajeros de la guagua en off. ¿Cómo ha ocurrido esta metamorfosis, éste paso a la luz? Un amigo italiano entra a la cafetería, pone su mano en el hombro de Atilión González que se vira sonriente y... Esta noche por SuperChannel, vía satélite. (Música. Comerciales)

La segunda entrega de esta noche trata de una coproducción cubano–soviética: Joseíto Menéndez, el oscuro, a quien en la primera coproducción vimos saltando desde un segundo piso y dejamos después atado a una cama de un terrible hospital ruso, se pasea ahora con un coche de niño por las calles de la lejana Estocolmo. Muchas y graciosas aventuras: saltos desde un tren en marcha huyendo de los controladores de tickets –dos dólares entre estación y estación–; bailes en discotecas de latinos; almuerzos privados con un señor paraguayo que vivió el destrone de Stroessner (juego de palabras); bautismo de Joseíto en una iglesia finlandesa que tiene misiones en Latinoamérica, y que para darte cobijo y rancho por unos días te pide que te dejes bautizar aunque Joseíto se opone, arguye haber sido bautizado en su niñez, pero los padres insisten apoyados por los bautizados de anteriores ocasiones, y lo sumergen en una bañadera de agua corriente, etcétera, etcétera. Joseito de vuelta de su viaje a Suecia, que llega a su casa y se encuentra con una carta de Atilión González y la niña Esther María López y las ideas de las dimensiones europeas de todo un pitén muy peligroso. Su señora rusa que entra al cuarto donde Joseíto, frente a una máquina, escribe esta carta, y le informa que el desayuno está listo... Esta noche, después del bloque de noticias...

Kiev, Ucrania, diciembre 8, 1992

II.

La facultad de poder discernir entre lo que nos resulta cercano o simplemente simpático nos distingue, por una parte, como seres pensantes, pero al mismo tiempo nos obliga a asumir la responsabilidad de aquello que elegimos. Casi siempre creemos correcta nuestra opción, y así seguirá siendo hasta tanto no nos demuestren lo contrario. Si esto último llega a suceder, es entonces que reflexionamos. Antes no. Son emociones más espontáneas, intuitivas, tal vez superficiales, las que caracterizan los primeros encuentros. En ocasiones, esas reacciones suelen ser definitivas. Luego vienen los actos, las actitudes, algún que otro compromiso, las consecuencias. Para entonces uno puede estar en las estepas nevadas de Novorosivirsk y el otro entre los erizos del Caribe; él en Copenhague y yo en Venecia: da lo mismo. Porque ambos sabemos que, como dice un tercer amigo, también distante, una carta es sólo «el aire que bate entre dos condenados», la parte visible de una conversación más profunda que fluye sin cesar.

Bueno, China, tan cerca y tan barata, me atrae cada vez más. Creo que estoy a unos escasos cientos de kilómetros de la mítica Samarcanda, la ruta de la seda y los tenis a dos dólares el par y cosas así. Un amigo ya fue y le robaron el pasaporte, porque los chinos son muy vivos y como sólo hablan chino todo lo señalaban con el dedo y en una de esas el pasaporte del amigo se quedó pegado a un dedo chino. Esto es una verdadera locura. Si te digo que los pasaportes cubanos se venden a árabes para entrar en Suecia sin necesidad de visa, a cuatrocientos dólares mínimo. Entonces, por el vagón o por el ferry que va a Estocolmo desde Tallín ves pasearse a un falso mozo que no es otra cosa que un agente de la securitè sueca, finlandesa, escandinava, en fin, para descubrir a los falsos cubanos hablando en árabe. Horror y misterio…

Novorosivirsk, septiembre 26, 1992

III.

El amigo de quien hablo y yo no nos parecemos en nada. Tenemos gustos y costumbres bien diferentes, y en común sólo dos o tres cosas que no son gran cosa: una teoría particular sobre las piernas de las mujeres, el placer de elaborar por aglomeración de retruécanos un informe sobre la situación –del país *natal*; algún que otro comentario efímero sobre un joven *short stop* que despunta y la pasión por algunos narradores norteamericanos. Basta. Mi amigo es alto, gordo y mulato. Puede desvalijar en una sola noche todo un refrigerador bien surtido. Usa camisas de satín coloreadas y abotonadas hasta el cuello, es incapaz de escatimar adjetivos hiperbólicos y enaltecedores ante cualquier niña, señora, ente femenino que le pase por el lado y capaz, muy capaz de venderles arena al por mayor a los tunecinos. Nada que ver, por lo tanto. Digo más: su método deductivo de pensamiento hace que reflexione constantemente en voz alta, por lo que no para de hablar mientras te vea dentro de los límites tan particulares que demarcan su campo de proyección sonora. Yo, suelo ser más confidencial. Es aquí entonces –en el límite, o en la suma de disonancias– donde me interrogo sobre las posibles causas que propician tal afinidad. No creo que se trate de simple altruismo (por ninguna de ambas partes) o de los tres o cuatro temas compatibles antes mencionados. En este caso, no pasaría de ser la común relación de *conocimiento*, es decir, alguien a quien que uno simplemente conoce, sabe quién es, con el que intercambia saludos y esporádicos comentarios, algo que tantas veces se confunde con el concepto de amistad. No basta con la afabilidad o la buena disposición. Estar abierto al otro es algo pasivo: es menester que sobre la base de una abertura yo actúe sobre él y él me responda, o lo que sería lo mismo, que yo me convierta en satín de colorines y él se estremezca con Muddy Waters. Algo que no ocurrirá jamás: yo visto de colores sobrios y él sostiene que el *blues* es aburrido. Hace algunos años, el sujeto en cuestión me regaló un libro de Ortega y Gasset, que nunca leí completo, pero donde el español afirmaba algo que ahora me parece perfectamente aplicable, decía: «...el estar abierto al otro, a los otros, es un estado permanente y constitutivo del hombre, no es una acción determinada respecto a ellos. Esta acción determinada –el hacer algo con ellos, sea *para* ellos o sea *contra* ellos– supone ese estado previo e inactivo de abertura (...) Es la simple coexistencia. Es la simple presencia en el horizonte de mi vida –presencia que es, sobre todo, mera copresencia– del Otro en singular o en plural. En ella, no sólo no se ha condensado mi comportamiento con él en ninguna acción, sino que –y esta advertencia importa mucho– tampoco se ha concretado mi puro conocimiento del otro. Este me es, por lo pronto, sólo una abstractísima realidad, "el capaz de responder a mis actos sobre él". Es el hombre abstracto». Es decir, de esta relación mía con el otro parten dos líneas diferentes –aunque ambas se toquen– de progresiva concreción o determinación: una consiste en que voy, poco a poco, conociendo más y mejor al otro; voy descifrando más al detalle su fisonomía, sus gestos, sus actos (tan diferentes a los míos, en este caso). La otra consiste en que mi relación con él se hace activa, que actúo sobre él y él sobre mí. De hecho aquella sólo puede ir progresando al hilo de ésta. Y concluía Ortega, citando a Husserl mientras discrepaba con amabilidad: «Fue el primero en precisar el problema radical y no meramente psicológico que yo titulo *la aparición del Otro*, aunque sólo un punto de esta teoría –el inicial– me es forzoso repudiar en esa obra tan escrupulosa como no existe otra en la historia de la filosofía, a no ser, en estilo distinto, la de Dilthey. Se trata de esto: el otro Hombre, según Husserl, me aparecería porque su cuerpo señala una intimidad que queda, por tanto, latente, pero dada en forma de copresencia, como la ciudad nos es ahora copresente en torno a cada habitación, precisamente porque ésta, al ser cerrada, nos oculta su presencia. ¿Cómo es entonces que yo creo tener delante, al ver un cuerpo humano, una intimidad *como* la mía, un *yo* como el mío –no digo idéntico pero, al menos, similar? La respuesta de Husserl es ésta: por transposición o proyección analógica. En este caso la transposición analógica, según este pensador, consistiría en esto: si mi cuerpo es cuerpo, en el cuerpo del Otro debe estar también otro *yo*, un *alter ego…*».

A mí se me fueron volando aquellos dos meses en la Isla. Ahora recuerdo más que nada dos libros que me diste a leer: Al revés *y* El loro de Flaubert. *Tengo en planes leerme otra novela de Julian Barnes, y he leído varias cosas interesantes de autores más o menos desconocidos. Leí mucho cuando estuve ingresado en el pésimo hospital de aquí… Tú no sabes la alegría que me da recibir cartas desde allá. Cada vez pienso más en volver y comprarme una casa en la playa y escribir* La caída de la Casa Usher. *Cuando se lo digo a Lena siempre me dice: «¿Y quién va a hacer las colas? Yo no». Lena está yendo ahora a la iglesia católica. Quiere bautizarse porque Dios me salvó y nos salvó en tan duro paso. Creo que tiene razón. Hace poco pasé por aquella casa y miré al apartamento y la ventana y parece que a pesar de que me partí la cadera Dios me ayudó a posarme porque está bien alto. Ahora alquilé un apartamento mayor para tener un cuarto para mí solo y terminar de escribir la segunda novela,* Pan de la boca de mi alma, *que ya tiene un tercio. Lo único malo de este nuevo apartamento es que está en un séptimo piso desde el cual me sería peligroso brincar, un jump trágicofatal. Lena, la pobre, ya está un poco recuperada de la impresión. Al principio, con sólo oír el timbre de la puerta metía un brinco. Del carajo. Hace unos días fuimos a la policía, y durante un careo identificamos al ladrón, que muy gentilmente se disculpó. Había actuado mal, muy mal. Le habían engañado. Nadie lo alertó de que yo era grande y gordo, y eso lo había echado todo a perder. Una lástima, era la primera vez que robaba. Unos ocho años de GULAG en perspectiva.*

Moscú, marzo 16 de1993

IV.

Sin embargo, nada más lejano a lo que se supone sea el comportamiento habitual entre dos amigos que la relación que sostenemos mi amigo y yo. Vivimos a más de quince mil kilómetros de distancia, por lo cual nos vemos, con un poco de suerte, una vez al año (cuando viene de vacaciones). Las cartas –ese aire que sopla entre dos condenados, y de las cuales me he permitido reproducir aquí algunos fragmentos– son nuestro único medio de comunicación; precario, como se sabe; parcial, según se puede deducir, mucho más si ambos estamos seguros de que la degustación de una buena –y también a ratos banal– conversación es algo insustituible, parte de aquellas cosas que más nos acercan y nos gusta hacer. Sin embargo, puedo pensar también que ha sido esta misma lejanía una de las principales razones que, tratándose de él, han contribuido a mantener intacta nuestra amistad. No es el caso de idealizar los mejores momentos, pocos y por tanto únicos, sino más bien que es esta misma contingencia la que anula cualquier indicio de peligrosa cotidianeidad, siempre acechante y amenazadora en nuestro contexto insular, palpable en la misma austeridad del proyecto social de la nación. Es decir, aleja la tentación de tocar y desgarrar, de depreciarse al asociarnos. Y me permite, en última instancia, hacer con mis amigos como con mis libros: los tengo a mano, pero los uso raras veces. Emerson decía que la amistad requiere de ese raro punto medio entre la semejanza y la desemejanza, «que nos exacerba recíprocamente con la presencia del poder y la simpatía en la otra parte. Dejadme estar solo en el fin del mundo antes que mi amigo malogre con una palabra o con una mirada su verdadera simpatía». Y terminaba: «La esencia de la amistad es la entereza, la magnanimidad total y la confianza. No tiene que sospechar la flaqueza ni precaverse contra ella. Trata a su objeto como a un dios para que se deifiquen ambos».

En Suecia hablé con tupamaros retirados que esperan una buena pensión del gobierno sueco para irse a vivir a Costa Rica como magnates; con mentirosos porteños que hablaron lunfardo por media hora ininterrumpidamente; con chilenos que después de su primer viaje a Rusia «comprendieron que les habían engañado», que si eso era lo que ellos perseguían allá en Chile era mejor que no se hubiese dado, etcétera. Como para escribir un articulito que lleve como título «Lloran los marxistas viejos» o algo así. Y para la anécdota bonita de mis biógrafos, vendí unos coches de niños muy buenos, que aquí me costaron 20 dls., y allá los vendí a 200, frente al edificio donde entregan los premios Nobel. ¿Qué lindo, verdad? Yo vistiendo smoking, recibiendo de manos del Rey Gustavo el diploma del premio y el bonito cheque, y al mismo tiempo una retrospectiva superpuesta de yo en mi juventud elogiando las cualidades de un coche ruso para bebés... Termino esta carta como a las cinco de la mañana. Me he desvelado por un timbre de teléfono y me he puesto a pensar en la novela, el tiempo y los negocios. Escribo a mano para no despertar a Lena que duerme aquí a mi lado...

De paso por Minsk, Bielorrús, abril 4

V.

En una de las pocas fotos que me he hecho con amigos, aparecemos Ponte, Harold, Víctor, Lena, el sujeto en cuestión y yo sobre los escalones de la glorieta del Parque Martí en Cienfuegos. El sol da directo sobre nuestros ojos y nos hace aparecer medio miopes frente a la cámara. Detrás, el techo abovedado de la armazón parece flotar por encima de nuestras cabezas como un arco luminoso, gris claro con algunas piedras de luz, una corona que gravita levemente sobre un uniforme jónico de provincias. Recuerdo algunos detalles de la ocasión, y el orgullo con que les mostraba una de las partes más bellas de mi ciudad. La seriedad que por momentos asumo en situaciones semejantes está reflejada

en mi rostro, no así en el de mi amigo quien, apoyando levemente su mano sobre el hombro de Harold, sólo parece esperar que termine el instante de la pose para indagar presuroso sobre los posibles lugares que en torno, según su delirante imaginación, nos tentarían con un apetitoso plato de mariscos. Ponte podría quedarse toda la tarde en su hieratismo incandescente; Lena seguiría fielmente a su marido dondequiera que este fuese y Fowler haría por otro par de horas las loas de aquel clasicismo importado y tardío que rodea el parque. Todo muy a nuestro aire, casi felices me atrevería a decir; nada presagiaba la borrasca, la diáspora inminente. Una foto que creía extraviada y que ahora, veinticinco años después, encuentro por azar, caída al descuido no sé de dónde en uno de mis múltiples traslados. Vuelta a mirar, descubro que hay alguien más, alguien que de repente no reconozco o se me pierde en la memoria, y que sin embargo se me antoja parodiar con aquel otro –¿o es el mismo?– del que nos habla Eliseo en su poema «Versiones», esa presencia «discretamente a un lado», nunca identificada, y que no es sino la muerte misma. Pero no, lleva mucho pelo y esconde como buen cyborg su mano derecha, de ahí mi amnesia momentánea: es Mario Bellatín. Mira por sobre la cabeza de mi amigo, pero él no parece darse cuenta. Ni siquiera lo sabe, pero tampoco le permitiría la más mínima insinuación porque aún la foto no termina de hacerse y ya él adelanta un pie en el aire, a punto de partir quien sabe a dónde.

P.D. Por carta recibida días atrás, esta vez desde México, nos enteramos de que el aludido ha hecho una nueva y jugosa inversión, instalando una compañía de importación y exportación en San Petesburgo. ¿De qué? Es difícil saber. Si alguien le preguntara, su respuesta, seguramente, sería: *O ya no entiendo lo que está pasando, o ya no pasa lo que estaba entendiendo. Tomo y doy: sólo eso.*

Octubre de 2003

Del crepúsculo al amanecer

Después de una noche difícil, Jorge llega a la parada del ómnibus, en la periferia de la ciudad. Son las últimas horas de la madrugada, aún está oscuro y él está solo en ese lugar. Lleva bajo el brazo el libro que le devolvió su amiga, y se sienta en la acera. Abre el libro e intenta leer bajo la débil luz del alumbrado público, pero el cansancio, los restos del alcohol y las sombras se lo impiden. Lo cierra, y lo deja junto a sus pies. Cruza sus brazos sobre las rodillas, apoya en ellos la cabeza, se queda dormido.

A la parada del autobús llegan otras personas. Jorge duerme tranquilamente. Se ha ido formando una pequeña multitud a su alrededor, pero nadie parece reparar en él. De repente, alguien grita «¡Ya viene el animal, oigan como ruge!». Jorge se despierta, y al levantarse es arrastrado por el tumulto que lucha por subir al *camello*. «Violento metrobús», oye decir a su espalda mientras lo empujan hacia arriba. Al verse ya en el pasillo corre hacia el fondo y alcanza un asiento vacío, todo un lujo en estas circunstancias. El *camello* termina por repletarse y parte.

Está sentado, apenas lo puede creer. Aprovecha que está junto a la ventanilla y saca la mitad del cuerpo. La brisa húmeda del amanecer lo hace feliz, refresca su cabeza embotada. Tal vez sea la primera vez en su vida que adivina un asiento en un camello. Sólo entonces se percata de que ha dejado el libro. Salta de su poltrona y se abre camino entre el mazacote de pasajeros que protestan. El ómnibus se detiene en la siguiente parada, baja entre gritos e insultos y corre en dirección contraria.

Corre rápido y mucho. Son casi dos mil metros entre una parada y otra, y no quiere perder el libro, *ese* libro. Está por amanecer, aún no ha salido el sol pero ya hay claridad suficiente. Al llegar ve que en el lugar donde había estado sentado no hay nada. Busca entre las piernas de los que esperan el próximo *camello*, que lo miran con recelo. Nada.

Su mirada es la de quien no concibe que en tan poco tiempo algo como un libro, *ese* libro, haya desaparecido. No era una billetera, ni un tratado de cosmetología, sino unas simples memorias inventadas, parece decir. Entonces ve, sentado entre unas piedras detrás de la parada, a un negro grande que lee. Junto a él hay un cartón largo extendido en el suelo, y una bolsa grande de tela en un extremo, como una almohada. Jorge se acerca despacio, en silencio.

El tipo, de unos cincuenta años, tal vez un poco más, tiene su libro en las manos. Es un negro como otro cualquiera, sin ninguna seña particular. Pero ya se sabe el prejuicio, aunque inconfesado, que existe contra esta raza; si leen tranquilamente en un lugar apartado, algo traman. Lee con la boca abierta, moviendo los labios mientras recorre las líneas, y dentro de la boca todo es oscuro, como su misma piel. Y en ambos lados de la boca dos colmillos, afilados y blanquísimos. No, la cosa no es tan fácil –o tan obvia–; no era el demonio, o al menos no parecía serlo. Pero también se sabe que su trampa más feliz es hacernos creer que no existe.

–Disculpe, maestro… pero… ese libro es mío.

El negro levanta la cabeza y lo mira de reojo. Sí, efectivamente: le faltan varios jugadores en el cuadro, sólo tiene dos cubriendo en las líneas de primera y tercera (*afilados y blanquísimos*). Pero esto no quiere decir que sea un ladrón de libros. El negro deja de mirarlo y vuelve a lo suyo.

–…quiero decir, yo estaba aquí hace un momento, cogí el *camello* y se me quedó allí, en la acera… Es más, si no me cree mire en la primera página, tiene mi nombre. Mire mi carnet, verá que coinciden…

–Tremendo cabrón que era el Adriano ese...– dice el negro sin siquiera mirarlo. Parece ensimismado en la lectura. Pasaba las hojas a una velocidad vertiginosa.

–Sí, tremendo cabrón. Ahora devuélvamelo.

El negro baja el libro pero deja la mirada en el mismo lugar. Está así unos segundos, completamente inmóvil.

–Ah, carajo...

–¿Qué?

–Mire, consorte, este libro yo me lo encontré, es decir que *ahora* es mío aunque tuviera tu ojerosa cara en la portada... Lo que se encuentra no se roba, ya se sabe. Es más, ¿quién coño te dijo que me iba a quedar con él? Aunque también puedo...

–Bueno, bueno, tranquilo, yo sólo...

–¿Tú estás esperando el violento?

–Sí (*ya le dije, acabo de irme en el que pasó hace un momento, pero tuve que volver porque había dejado el libro y...*)

–Bien, cuando llegue yo te lo devuelvo. O tal vez no... Veremos. Ahora déjame leer y no jodas más.

–¿Y cómo puedo saber que es cierto lo que me está diciendo?

–Porque aunque me falte la mitad del cuadro soy un hombre de palabra, porque nadie me trata de usted y eso me gusta, y porque si no te callas ya, me lo como hoja por hoja y lo único que te vas a llevar será una pulpa apestosa donde ni siquiera podrás leer el título.

Jorge se queda frente a él, de pie, mirándolo. No sabe qué decir, y se sienta sobre una piedra cercana. Aquel tipo hablaba como un personaje de Raymond Chandler. No puede hacer otra cosa que mirar cómo el negro pasa las páginas como si las azotara, mueve los labios mientras lee, y escuchar la salmodia que produce. Él también susurra por lo bajo, dice: «Vaya, negro, la fría franchute se derretiría de gozo si te viera aquí, ahora, sentado sobre una piedra en el culo del mundo estrujando sus palabras». El otro, leyendo, parece que reza. Dice: *las ideas rechinaban, las palabras se llenaban de vacío, las voces hacían sus ruidos de langostas en el desierto o de moscas en un montón de basura...*

La frase que el negro lee se corta de golpe por el ruido del ómnibus que se acerca. Jorge se levanta, pero se queda allí, inmóvil. El negro mete un dedo en su boca, lo moja con saliva, pasa la página y la dobla en una esquina. Luego cierra el libro y mira a Jorge, por primera vez, directamente a los ojos. Alarga la mano, pero la retira un poco cuando Jorge intenta agarrar el libro.

–Con una condición –dice.

–Con cinco, si quiere, pero acabe de dármelo que se me va el violento...

–El violento nunca tiene apuro –respondió el otro, muy despacio. Hace una pausa, pasa la mano por el cartón duro de la cubierta del libro, acaricia el rostro en piedra del emperador. –Mañana aquí, a la misma hora. Ese Adriano es un cabroncito de la vida y quiero saber a dónde va a parar todo esto. ¿De acuerdo? No quiero intriga, tú no sabes quién soy yo, en el momento que menos lo esperes vuelvo a aparecer y...

Jorge agarra el libro de un tirón, corre hacia el ómnibus y sube cuando éste ya ha empezado a moverse, fundiéndose otra vez en el molote. Colgado de la puerta logra volver la cabeza y mirar hacia donde está sentado el negro. Parecía leer todavía, los brazos apoyados en las rodillas, las palmas de las manos hacia arriba. No puede explicar por qué, pero sabe que al día siguiente ese tipo estaría allí, esperándolo.

Los caballos de la noche

A muy pocos les gusta meditar sobre la muerte, aunque para muchos éste sea *uno de los grandes temas*, eso lo sabía. Como también que la muerte no es el simple final de una vida, por más que insistieran en ello los manuales de anatomía y las novelas mediocres. «Literatura y pensamiento –deducía–; la muerte debe ser algo más que esta peligrosa conjunción. Una cosa es pensar en la Muerte, e incluso escribir sobre ella, y otra *saber* que *uno* se va a morir, así de sencillo». Estaba convencido de que al llegar a este punto todas las lecturas, cualquier reflexión acumulada podría borrase de golpe, minimizadas por la brutalidad y la inminencia del hecho. Las grandes conclusiones, si alguna vez las hubo, le parecen ahora tristes versos de esquelas fúnebres. «La idea de que la muerte debe ser el principal tema de reflexión y el principal cuidado de los vivos es hija del lujo, de la abundancia de reservas, y también del hastío, de la indiferencia hacia todo cuando ya todo se ha tenido, y si no que me lo digan a mí. Que nunca he tenido nada».

Los candidatos a muerto no tienen estación; cualquier época del año es mala para morir. La sábana blanquísima que absorbe lo que él imagina sus últimos deseos contrasta ahora con el ridículo pijama que le han entregado a su entrada al hospital. Está en una sala vacía, habilitada normalmente para seis personas. Aquí vienen a rebotar todos los ruidos perdidos del pabellón, resonando contra las paredes desnudas y asépticas que convergen hacia una única ventana con vista a otra habitación semejante y también vacía donde él, tratando de buscarse, no encontraba otra cosa que no fuese la visión incorpórea del vampiro frente al espejo. También allí, en la no refracción, estaba su muerte.

Una semana antes había ingresado con la seguridad de volver a la calle dos o tres días después, rendidos los doctores ante la evidencia de haber perdido el tiempo con aquel adolescente presumido que quería operarse de várices. Como su mal estaba localizado de la cintura hacia abajo, le encajaron un *traje de dormir* –así lo había llamado aquel enfermero presumido– compuesto por unos pantalones a rayas, recortados con tijera por encima de las rodillas, y una camisa de bolas color magenta y cuello azul pálido. Luego lo acostaron en lo que sería una de sus camas –todas a un tiempo eran la suya en aquella sala vacía– y le colorearon las venas de las piernas con un arcoíris de tinturas que variaban según el grado de inflamación de cada una: azul prusia para las más gruesas, rojo escarlata las evidentes, verde veronesse las más finas y amarillo pálido las incipientes, para entonces esperar hasta el otro día una posible variación de los relieves. Esta era la única forma de seguir el estado prequirúrgico de la enfermedad.

De cualquier manera, la aparente festividad de este proceso lo contaminaba. «Tengo piernas de serpentina», gritaba corriendo entre las enfermeras, que ya se iban acostumbrando al tacto indiscriminado a que eran sometidas a la velocidad de un rayo, siempre por sorpresa, lo mismo a la puerta del baño que en la sala de visitas. «Siga, siga, el mal está más arriba», le decía al enfermero(a) –daba lo mismo– que, displicentemente, y según las indicaciones del doctor, ejecutaba el trazo sobre la pierna con la parsimonia de un escriba egipcio, y que por lo general venía a detenerse a mitad de muslo. Si dormía una siesta, dejaba la puerta abierta, y acostándose en la cama más próxima a la entrada, se tapaba con una sábana de la cabeza hasta la cintura, dejando al descubierto el boceto impresionista, de manera que todo el que por allí pasase tropezara con aquel panorama inesperado y desconcertante. Ni siquiera la hora del baño quedaba fuera de la espectacularidad. Como no podía mojarse las piernas por la amenaza de la decoloración, se construyó unos pantalones con un pedazo de nylon transparente, sometidos también a un proceso de pigmentación arbitrario. «Palimpsesto I, II, III...», «Los calzoncillos de Jackson Pollock» eran algunos de los nombres de las secciones de higiene, variaciones de una misma constante convertidas en *happenings* vespertinos, anunciados a voz en cuello y a la vista de todo el que quisiera entrar a verlos.

Al caer la noche, sin embargo, sentía el gato avieso de la abulia y el desencanto acercarse, ronroneando. Corroía lentamente la claridad de los cristales en la ventana, se deslizaba sigilosa por los amplios corredores de granito oscuro, hasta saltar a su boca para ser tragado junto a una balanceada dieta para hipertensos. Desaparecía el personal de servicios, dejando disponibles sólo tres o cuatro enfermeras y un doctor amargado por el inconveniente de la guardia nocturna. El resto era alguna que otra cara nueva, recién ingresada, pero sin ningún interés particular para él, al menos hasta ese momento. A juzgar por las apariencias, ninguno de aquellos pacientes sería capaz de compartir su energía en una noche de insomnio. La muerte, entonces, podía llegar así, de improviso, aprovechando un descuido, un instante de reposo frente a un estúpido programa de televisión. Entre bostezo y bostezo. En el bochorno de las nueve y media de la noche.

A su izquierda, un mulato joven cabeceaba frente a la pantalla, tratando de mantenerse despierto hasta la hora en que comenzaba la serie de turno. «A eso de las diez y media, cuando la cosa empieza a ponerse buena, ya este negro no puede ni caminar. Qué lástima...». Detrás, un anciano en silla de ruedas ronroneaba su descontento y abogaba por cambiar de canal. No sé quién juega hoy, tampoco me gusta mucho la pelota, pero cualquier cosa es mejor que eso... *eso*... –decía agitando su índice huesudo contra la imagen reflejada en la pantalla, como si apuntara al demonio. Pero no era el dedo, sino la voz. Aquel estertor sonorizaba su columna, parecía transmitirle una helada resonancia, entumecía cada una de sus vértebras contra el frío aluminio de la silla, escalando con trabajo los salientes punzantes hasta el cuello, como si alguien le echara piadosamente una manta de hielo sobre la espalda. Al mismo tiempo sentía un ardor intenso en el abdomen, una palpitación que traspasa la piel y humedece sus manos. La relación proporcional y la intensidad recíproca entre esas dos partes del cuerpo habían sido siempre su estado habitual, señal inequívoca de una euforia inminente.

Frotando las palmas lisas y mojadas de sus manos contra los muslos calientes, húmedos también de sudor, miraba la pantalla del televisor, mientras sentía sus dedos redoblar un poco más abajo de la entrepierna. *Son infinitos los juegos del azar y de la muerte, pero yo prefiero los que puedo tantear con mis dedos. No es posible que pueda morir tan joven si mi sudor aún huele tan fuerte, como a caballo después del salto. Sólo que en el juego con ella yo soy el azar y ella la dueña, yo no dispongo nada. Es como una erección involuntaria, indiscreta, llega cuando nadie la espera.* De pronto se sentía atrapado, como aquellas noches en que el ruido llegaba desde la calle principal de su pueblo y golpeaba la ventana del cuarto recordándole que, después de todo, él estaba acostado en posición fetal: sentía que lo habían sorprendido con las manos en la masa, en una actitud de hombre topo que, más que un patrón de conducta, es un estado mental en el que no se oye para nada el ruido exterior, y en el que la voz del otro es como el goteo del fluido amniótico en algún lugar fuera de la sábana. Escuchaba el rumor sin llegar a entender el significado de las palabras; podía sentir el latido de su sangre, acompasado, tenaz; podía llegar a creer incluso que las secretas cadencias del pulso se transformaban en meros ecos de los latidos de la casa.

Afuera, en tanto, la luz pierde consistencia, se desmenuza en un hilo sonoro que, poco a poco, se convierte en un sordo rumor donde vienen filtradas las señales dispersas de la vida exterior. También allí, al otro lado de la calle, la noche comienza igual de cotidiana a cada día, pero según él es una fiesta con relación al ritmo lento y apagado del hospital. La vida enfrente da por sentado el estado de las cosas, acepta esta división acatando un orden establecido que no debe ser alterado; mira con respeto hacia este reservorio de moribundos y vuelve la cabeza con desdén, conforme, reconociendo una suerte momentánea. Y ve, desde su luz y su bullicio, un rostro en penumbras pegado al cristal de una ventana, alguien que intenta aferrarse a esa claridad mientras su cuerpo queda adentro, en el blanco apacible de las paredes, en la supuesta asepsia de sus pisos, en la sombra.

Ahora vuelve a mirar, y ya no está.

Descendiendo por la escalera de servicio hasta el pasillo que comunica con la recepción, entró a un cuchitril oscuro donde guardaban los instrumentos de limpieza. Allí se vistió con la misma ropa con que había ingresado cinco días antes, ocultada con celo en una bolsa de nailon debajo de su colchón. Con el pijama no habría inconvenientes: los auxiliares de limpieza se encargarían de incinerarlo, tienen la superstición de que puede traer algún mal aquellos despojos de difunto reciente. En uno de los bolsillos del pantalón encontró un billete de veinte pesos y otro bastante arrugado de cinco, pero su carnet de identidad había desaparecido. Tal vez se lo habían pedido al ingresar, pero él no recordaba. Tampoco le interesaba. «Mañana a las ocho me operan. Mañana a las nueve puedo estar muerto».

En la entrada principal del hospital, un viejo se balanceaba en un sillón con un radio portátil pegado a la oreja. La gorra echada sobre los ojos, parecía dormir en movimiento. Al pasar, el portero detuvo el balanceo y se agarró la portañuela. –Mierda cuarto bate. No le da ni a una calabaza. ¡Difunto! Él se paró en seco ante aquella maldición y el viejo lo miró con lástima. –¿Y qué?–. Se encogió de hombros. –Si se muere la viejita avíseme. Tengo un amigo en el taller de coronas, así al menos no tendrá que preocuparse por las flores –dijo el anciano. «Está bien. Gracias», y haciéndole un leve saludo con la mano se adentró en lo oscuro.

Caminando entre la gente, la impresión de que esta noche le pertenecía fue inundando sus sentidos como el llenante de una marea sosegada e inevitable. Como si nadie pudiese escamotearle la posibilidad de hacer todo lo que se le ocurriera, ni arrogarse el derecho de juzgarlo por ello. Reconocerlo equivalía a asumir cada segundo como un instante único, aun cuando sabía que esta sensación acarreaba siempre el malestar de lo irremediable. Lo que ya no podrá volver a ser otorga una licencia temporal para cualquier cosa, pero deja un regusto amargo, la frustración de no poder repetir una experiencia que tal vez, en su momento, resultó agradable e inquietante. Por tanto, había que hacerlo todo. «La vida hay que vivirla peligrosamente, y si no que me lo digan a mí…».

Para llegar al centro debía caminar unos dos kilómetros, pero ya a esa hora el eje de la escasa vida nocturna de la ciudad comenzaba a fragmentarse, y sus partículas humanas se animaban como fuegos incandescentes en algunos puntos de la periferia. Sabía de ellos sólo de oídas. En estos lugares todo fluía como si nada, conservando una serenidad en el transcurrir que hacía suponer un sueño tranquilo. Lo diferente era el ritmo. En aquella calma ilusoria era evidente una manera de moverse que respondía a otra dinámica, a otro tipo de relación. Los desplazamientos eran rápidos, entrecortados, silenciosos aunque desenvueltos, como los encuentros. Las ataduras que imponía el centro, expuesto a todas las miradas, se deshacían en las inmediaciones, donde no había espectadores. Estar era participar, involucrarse suponía conocer un código no tan hermético como insinuante, entendimiento tácito al que se llegaba a través de signos convencionales: una mirada, una mano con vida propia, la sinusoide de una cadera que sostiene un cuerpo erecto. Él sabía que toda esta kinesis era la vía de acercamiento más elemental y pueril a otra *performance* con reglas y leyes variables en su forma, pero semejantes en esencia, y gozaba de su teatralidad.

Los baños públicos de la terminal de ómnibus estaban a un costado del edificio principal, al fondo de una cafetería siempre sin café, y tenían acceso desde la calle a través de una abertura doble en la pared sobre la que habían estampado un par de grafitis indicadores: «lobos» y «caperucitas». Dentro, la débil luz que se filtraba por la puerta atenuaba la figura de dos cuerpos orinando contra un muro de azulejos. Él se situó entre ambos. Observó a cada uno, desabotonó su portañuela y miró al frente sin orinar. Así se mantuvo casi un minuto. Luego, el que estaba a su derecha se pegó a él. El otro caminó hasta la puerta. El que se había arrimado movió una mano hasta su portañuela. –Me gusta. Está como as de bastos primaveral–. Miró al tipo. Podía tener cerca de cuarenta, aunque parecía más joven, y soltó una carcajada. La cita estaba bien, le hizo incluso sentir placer. La poesía del Gordo de Trocadero llegaba hasta los urinarios públicos. El de la puerta chilló: –¡Niños, que acá fuera hay gente!–. Él se dejó hacer, pero saltó hacia atrás cuando el tipo se arrodilló frente a él y metió la cara entre sus piernas. Con el salto, el otro perdió el apoyo y cayó contra el piso mojado, y desde allí comenzó a perseguirlo mientras susurraba notevayasnotevayas chapoteando en el orine. Con otro salto llegó hasta la puerta, donde fue interceptado por el centinela. –Un momento, caramelo, mal educado… ¿irte cuando mejor se pone esto?–. «¿Tú quién eres?» –Si no conoces al Bicho te has perdido la mitad de tu vida. Pero aún estás a tiempo… Tengo bombones–. «Te invito a un café», fue lo único que se le ocurrió decir cuando el pavor comenzaba a paralizarlo. El Bicho lo miró sorprendido. Luego se volvió hacia el interior del baño. «*Au revoir, madame*», cantó despidiéndose del que todavía se revolcaba en la mierda, y tomándolo del brazo lo arrastró hasta la calle.

Cunde hoy día una actitud degradada hacia la tragedia y también hacia la muerte. Una forma ideal sería para mí: vive sin esperanza ni desesperación. Lo mismo decía la baronesa Karen Blixen, aplicado a la escritura. Eso es necesario aprenderlo. Creo que soy capaz de ello. Los seres humanos preguntan siempre por una esperanza. Esa es una pregunta cristiana. Para los griegos, los contemporáneos de Sófocles, no existía tal pregunta. No tenían esperanza ni desesperación. Vivían. Después, esa actitud se perdió. Era, tal vez, una cierta disposición hacia lo trágico como enriquecimiento de la vida y el teatro... Ahora uno vive en una sociedad simple. Actualmente nos movemos en un sistema de dos dimensiones: la atracción erótica y el dinero. El resto, la felicidad y la infelicidad de la gente, se deriva de ahí. No hay superioridad, ni moral, ni de ningún otro tipo. La única superioridad real tal vez sea la bondad...

Luego de caminar y reírse por un rato, descendieron a lo largo de una amplia avenida de farolas apagadas que terminaba en un parque oscuro. Allí, en la penumbra y alrededor de algunos bancos ocultos entre los árboles, pudo entrever las siluetas de varias personas. Todos hablaban al mismo tiempo, o más bien cuchicheaban. De día los niños invadían este parque, aprovechando la urdimbre de la vegetación para crear túneles imaginarios y tenderse emboscadas. Ahora, las enredaderas creaban una cobertura favorable, y las muchachas podían sentarse con las piernas abiertas y abrazarse con tranquilidad.

Su amigo saludó a todos. Había una familiaridad en la manera de tratarse que facilitaba las cosas, pero de todas formas fue presentado.

–Aquí les traigo un seminarista, cortesía de «Caperucitas».

Alguien sacó una botella de ron. El buche le bajó por la garganta como arena caliente, y al llegar al estómago lo hizo doblarse en dos. Entonces recordó que no había comido nada desde la mañana, sólo un jugo de naranjas después que le metieran por la boca aquella manguera. Se disculpó con una arqueada. –Es de tragar delicado el muchacho. Siéntamelo aquí para darle un masaje –dijo una rubia teñida mientras desenrollaba y recogía la lengua.

–¿Quién es esa? –le preguntó al Bicho.

–La Complaciente, niño... Te hará pasar un buen rato.

–Tiene nombre de bodega antigua.

De repente, dos que estaban escondidos entre los árboles irrumpieron en el centro del parque. Agarrados por la cintura, venían improvisando una patética coreografía mezcla de bailarina de can can y mulata gelatinosa de segundo show de Las Vegas (el de Infanta, no de Nevada). Los labios rojo encendido de los simuladores se apretaban haciendo pucheros o se abrían como un jamo para entonar una copla que insinuaba «si me dices lo que traigo aquí –se tocan los pechos...– yo te lo doy» –sacan la lengua.

–¿Y éstos, quiénes son?

–La sílfides, niño, las sílfides. Este es el *padedé* más aplaudido de la temporada. No interrumpas...

El Bicho, emocionado, se extasiaba en la contemplación del número, al mismo tiempo que seguía las evoluciones de la pareja en el aire de una parodia en puntas. El rostro de los bailarines resplandecía por las aclamaciones de una claque fiel, turbulenta, con alcohol suficiente para gritar y vomitar toda la noche. Un tipo se acercó atraído por el escándalo, y al quedar las dos locas abrazadas en el suelo tras la complicada maniobra de un fuetté paroxístico y final, se agarró los huevos gritando ¡Regio, regio! «¡Perra, perrísima, euménideeeeeeee!!», vitoreaba la claque, enardecida también ante el sorpresivo alarde de genitalidad.

Aquella fijación de la primacía sexual en esa zona del cuerpo obraba sobre todos como un exorcismo. El Bicho, ostentoso, sacó su muela y delimitó su territorio orinando en círculo, mientras el tipo seguía aullando desde la esquina, bien sujetos sus testículos con ambas manos.

Él no se atrevía a moverse. El ingenio de las réplicas lo había paralizado, pero una sensación de goce lo hizo avanzar cuando soltó el primer grito. Quiso entrar, pero sintió que la rubia de la lengua enrollada se le pegaba por detrás. –Quédate quietecita, criatura, que vamos a hacer el viaje más barato y delicioso del mundo –dijo mientras le pasaba por encima de la cabeza y metía dentro de su boca una pastilla ovalada y azul, y junto a ella el pico de una botella. Tragó por segunda vez, con la cabeza hacia atrás para no vomitar, tragó y cerró los ojos.

Una vez tomado un camino, es tan inevitable como cualquier otro. La mejor elección es aceptarlo todo, y no arrepentirse de nada, la sabiduría. ¿Hasta qué punto se está en condiciones de aceptar el destino más como una elección que como una fatalidad...? Tomándolo por los hombros, la rubia lo volteó hacia ella y rodaron abrazados hasta quedar debajo de unos arbustos. Se levantó el vestido y comenzó a zafarle los pantalones, mientras le susurraba al oído cierta historia en la cual ella era la hija de una marquesa venida a menos, nacida en el instante crítico de una conjunción de astros que nunca más llegarán a saber uno del otro, y cuyo verdadero cetro sería siempre *éste* que ahora enarbola con sus dos manos y se introduce lentamente entre las piernas abiertas. Tenía un sexo grande y rasurado, que sabía usar. Primero bajó muy suavemente sobre el glande, con pequeñas contracciones; luego descendió varios centímetros apretando más. Él comenzó a gritar. Ella se reía a carcajadas, encantada de su poder, y luego siguió bajando, contrayendo las paredes de la vagina con presiones fuertes y lentas, al mismo tiempo que lo miraba a los ojos y continuaba desgranando su linaje en un soliloquio interminable.

Él sabía. Cuando alguien nos cuenta su historia, nos está contando la historia de toda la humanidad. No importa si esta historia es verdadera o no. Un hombre, una mujer, es todos los hombres y todas las mujeres, la expresión de la totalidad en un único sujeto. Sin ser menos entonces, dejó que el placer lo invadiera, sintiéndose el hombre más fuerte del mundo y gritando su reinado universal en una convulsión final que no terminaba nunca.

Aceptar que estaba ahí, diez minutos después, incluía soportar el peso de la rubia sobre su cuerpo. Se había quedado dormida con el último espasmo, y un hilo de saliva le colgaba de la boca y goteaba en su ojo izquierdo. Cerró los ojos y trató de concentrar la atención en los sonidos alrededor.

Como alguien que se acerca de puntillas y se esconde a cada paso, un murmullo de voces entrecortadas llegaba hasta sus oídos con intermitencia, de la misma manera que cuando intentaba abrir los ojos, una perspectiva diferente alteraba la proporción y la distancia entre las cosas. Este lugar podía ser el mismo de quince minutos antes o cualquier otro, eso no tenía importancia. Lo inquietaba más bien lo efímero de cada certeza, esa resbalosa ingravidez que aligeraba su cuerpo, anestesiado contra la maternidad de la tierra y el olor vegetal de las ramas partidas a su alrededor. Sin embargo, había algo dulce y tranquilizador en esa sensación, cierta perversidad protectora y trascendente. Nada era más importante que esa noche, que este instante. ¿Qué era la muerte comparada con esto? Sabía que nadie podría aventurar la posibilidad de una segunda oportunidad como excusa. Ningún exorcismo era convincente; la fuerza de la intuición desbarataba el mejor argumento. *Nada mejor que creer en uno mismo cuando no hay nada en qué creer. Desde que los hombres no creen en Dios, no es que no crean en nada, es que creen en cualquier cosa, le gustaba decir a Chesterton. Pero creer en uno mismo implica un afán de conocerse, y de aquí a la esquizofrenia media sólo un paso. Quien se esfuerza en conocerse a sí mismo aspira a dividirse: saberse es escindirse. Por un lado un yo que actúa, por el otro un yo que observa, analiza, juzga lo que el otro hace... Ese puede ser el esquema de conocimiento de uno mismo...*

De un empujón se quitó de encima a la rubia cuando sintió que la saliva había formado una pequeña laguna en la cuenca de su ojo. Todo flotaba alrededor. La muchacha quedó tumbada bocabajo, ronroneando como un animal con frío. Trató de ubicar por las voces al resto del grupo, para entonces enfilar en dirección contraria. Al dar el primer paso, ella alargó una mano y lo agarró por el tobillo.

–No te lleves mis alhajas, maldito...

–Vamos conmigo. Me ahogo de sed.

–Me da miedo pasear en yate por la noche... –se quejó la lengua tropelosa. De un tirón zafó la pierna. Ella se volteó con el impulso y quedó tendida boca abajo. «Buen culo», pensó. Unos pasos más allá, sobre la hierba, el Bicho formaba un mazacote con otros dos. Escuchaba claramente las risas, los suspiros de aquellos tres, pero sólo veía formas confusas. A sus pies había una botella de ron, casi entera, seguramente propiedad de aquel amasijo de placer, pero ellos parecían haberla olvidado. Agarró la botella, atravesó el parque y enfiló por una calle en penumbras. Quería estar fuera de la luz, de toda luz por mínima que fuese, porque sentía que cualquier claridad lo delataba, enfatizando su presencia ante otros para los que, sin embargo, en ese momento él no existía.

Ah, con qué gusto se tomaría ahora un buen café, bien fuerte, impregnado de ese aroma que marea, como aquellos que sabía preparar su padre al final de la madrugada mientras lo sermoneaba por quedarse toda la noche en medio de la oscuridad, sentado en los escalones que bajaban al patio. Ahora estaba seguro de que fueron esos los mejores instantes de su vida, cuando estaba solo y, no obstante, sentía la presencia confortable y protectora de los que dormían a su alrededor. No necesitaba de ellos, pero saberlos cerca le deparaba una plácida sensación de bienestar, una efímera seguridad que, bien mirado, era lo único capaz de hacerlo feliz en un lugar al que ya no se sentía pertenecer. Había vuelto a esos parajes tranquilos, al regazo familiar luego de dos años de lecturas inquietantes, aires de gran ciudad y turbulencias nocturnas. Había ganado y había perdido; entonces era como volver de nuevo, pero distinto.

Al final de la calle había un movimiento inusual para la hora, pero él siguió en línea recta. En la acera, sentados en taburetes, cuatro ancianos hablaban en voz baja, reían en sordina bajo el parpadeo mortecino de una lámpara fluorescente. Era una luz desigual, entrecortada, por eso se atrevió a pasar bajo ella. Junto al rellano de la puerta otro viejo masticaba un tabaco y escupía. *El trabajo es la maldición de las clases bebedoras*, estaba diciendo, citando a Wilde, y él entró. El aroma venía del fondo, y sin mirar a los que dormían en el primer salón siguió derecho hasta el origen de ese olor, inevitable y confundido ahora con el otro, más fuerte y empalagoso, de flores en descomposición. Cerró los ojos mientras avanzaba, dejándose llevar por su intuición y pensando que la búsqueda de la identidad nacional debía comenzar por aquí, por esa reacción congénita hacia un olor o un ritmo musical, cuando de repente sintió un golpe seco. Al mirar vio plantado frente a él a un hombre robusto y ya entrado en años, y por primera vez en la noche sintió temor. Tuvo la sensación de estar profanando un lugar que creía prohibido. Alzó la vista y encontró en la otra mirada un cansancio infinito, la calma y el letargo de quien ya no espera nada.

El hombre sonrió levemente y le arrancó de entre las manos la botella que intentaba esconder debajo de la camisa. Luego entró en un pequeño salón, donde había un ataúd iluminado por un pedazo de cirio. Desplazándose como una nube que flota y se detiene en el centro de un lago, su sombra fue cubriendo el lugar donde estaba la cabecera de la caja y la ventanilla de cristal, abierta. Una vez allí, inmóvil, visible sólo por algunos esporádicos resplandores de la llama, el hombre estuvo mirando dentro durante un rato. Luego destapó la botella, se dio un trago largo y derramó la mitad del alcohol sobre el rostro del muerto mientras murmuraba *toma, hijo, para que tengas algo de qué avergonzarte.* Y desde allí mismo le lanzó el litro. –Tómate lo que queda por la salud que él no tuvo, y nunca te arrepientas de nada. –¿Puedo beberla aquí, con él? –preguntó, señalando el ataúd. –Seguro, respondió aquel ser extraño con otra sonrisa, tenía tu misma edad –y desapareció por una puerta interior.

Dentro del féretro, un joven no mucho mayor que él reposaba con la cara humedecida y un rictus en la boca muy parecido a la sonrisa del hombre que acababa de salir. Luego de observarlo largo rato, comenzó a sentir que algo le presionaba fuertemente la cabeza. Por instinto se volvió hacia una de las esquinas de la habitación. Allí, a oscuras junto a la pared, un grupo de señoras pegadas a sus sillas lo miraba fijamente, en silencio. Él les hizo una seña con la botella, convidándolas. Ni un gesto, ni una mueca. Sólo el comienzo de un rumor bajo, directo, que le llegó en tres estertores: –Puerco.... Ya te tocará a ti.... Estás viviendo tu propia muerte...–. Eran rostros vulgares, anodinos, el mismo tipo de rostro que unas horas antes pudo haber encontrado en la paz uniforme y embrutecida de una cola o aplastado contra un cristal; pero que en la penumbra de un lugar cómo aquel adquiría esa fuerza perturbadora que por un instante se puede descubrir en la faz de los conjurados. De nada valía insultarlas o apiadarse de ellas: allí estaban, como plañideras programadas, recitando en voz baja su conjuro.

De un salto alcanzó la puerta. Por segunda vez en la noche saltaba hacia las puertas. Afuera todos dormían en la calma voluble de la madrugada y la muerte. Alzó entonces la botella, y tragó sin respirar los cuatro dedos que quedaban antes de reventarla contra el rincón de donde venían las voces. El latigazo del vidrio se fundió con la llama del cirio y los gritos de las mujeres, pero él ya no llegó a oírlos en su carrera, atravesando como un relámpago la calle y la franja de luz que lo separaba del mundo, para entrar otra vez en la misma oscuridad por la que había venido.

Un poco más tarde, luego de caminar sin rumbo, esquivar algunos policías y sin saber muy bien cómo, una claridad que no era la del amanecer y la brisa húmeda le indicaron la inequívoca proximidad de los lugares abiertos. Allí, cerca de los muelles, la vida conservaba su ritmo normal, sin distinguir el día de la noche. Las voces seguían siendo fuertes, como los gestos; se miraba fijo a los ojos y las cosas se resolvían con rapidez. El aire para respirar era una mezcla de aguardiente, sudor y detergente en polvo. Detrás de una montaña de cajas de madera tres estibadores, dos negros y un blanco albino, reían semidesnudos pateando botellas vacías. Él se deslizó entre ellos, iluminado por aquellas dentaduras blanquísimas que alumbraban y desaparecían como fuegos fatuos y la mirada fija en una luz roja, intermitente y solitaria en el centro de la bahía. «Debo amanecer en el hospital...» fue su única reflexión antes de fundirse en la risa de los otros.

Tu padre acaba de morir, dijo una voz desconocida a través del teléfono. Él estaba allí, en la recepción del hospital, como un sonámbulo, frente al cristal que reflejaba su cuerpo apoyado en un bastón, su cabeza rapada, la noche profunda.

Voz en el telefono: «Hace dos días, ya tarde, dijo de pronto que sentía hormigas corriéndole por el brazo izquierdo. Luego cayó, y ya no volvió a levantarse, y respiraba como si quisiera absorber todo el aire del mundo. Tal vez se hubiese salvado si no hubiera sido por los caballos... sí, los caballos... Yo iba con él en la ambulancia, porque quería sentir mi mano apretada en la suya, y pensaba que nos íbamos a matar con aquella oscuridad y tantas curvas. De repente, los faros alumbraron delante de nosotros una manada de caballos que corría en silencio ocupando toda la carretera. El chofer hizo lo imposible por apartarlos del camino, pero no hubo manera. Al rato, una parte del grupo se dividió en dos, como para hacernos lugar al centro, pero la otra continuó su paso adelante, imperturbable…, cadenciosa podría decir. Eran caballos por todas partes, y se podía sentir la vibración de la tierra y el ruido sordo de los cascos hollando el asfalto con la violencia con que un amigo golpea la espalda del otro: con fuerza, pero sin maldad. Así anduvimos como quince minutos… Tu padre, que no había vuelto a decir una palabra desde aquella mención a las hormigas, de repente levantó la cabeza. Parecía escuchar con todo el cuerpo. *Mis caballos… tan fieles…*, dijo sonriendo, y murió. Los animales se alejaron entonces, perdiéndose en la oscuridad de los flancos, galopando como locos y haciendo relucir las crines a la luz de una luna enorme que en ese momento apareció…».

La noche de dos días antes había sido *aquella* noche, recordó, luego de colgar el teléfono, con la voz aún sonando en el auricular. Una noche reciente, que ahora le parecía remota, una noche perdida *en la noche del tiempo*, cuyo peso sentía sobre todo su cuerpo, como si de repente hubiese comenzado a habitar la anatomía de un anciano. Le pesaban las piernas, sentía el crujir de las articulaciones al más mínimo movimiento, la piel había perdido su color habitual –aunque podría ser un efecto de la luz de neón en el pasillo–, y el alcance de su vista se nublaba apenas unos metros más allá de su campo de visión normal. Sintió un temblor incontrolable en las manos, una convulsión muy parecida al miedo. La certeza de aquella mutación irreversible lo invadía como una rama de hiedra en primavera, hiedra común como la que crece alrededor de los árboles o en las paredes; sentía trepar los filamentos de aquel arbusto al enroscarse en sus caderas, paralizándolas, engarrotando los dedos, dibujando un rictus doloroso en el rostro fresco de días antes. Hiedra común de la que, sin embargo, sabía que de su tronco se extrae una apestosa gomorresina famosa como excitante... Se trataba entonces de aceptar la ruina del cuerpo como fatalismo biológico, lo inexorable de toda decadencia, tratando de conservar intactos los fantasmas de su juventud, y dejarlos aparecer *en el paisaje de nuestra muerte...* Ahora su padre no era más que un cadáver desconocido, no existía como difunto, por lo que él debía viajar hasta su pueblo y regresar con la identificación oficial olvidada en el momento crítico, sin la cual no se podía hacer el acta de defunción y mucho menos ser enterrado. Cuarenta kilómetros en la parálisis de esta madrugada semejante. La noche de dos días antes, ¿qué relación existía? ¿Creyendo haber vivido su última noche no había hecho sino morir la otra vida? ¿O había estado viviendo la muerte que no le correspondía? Otra vez debía salir, a certificar ahora una muerte evidente pero que sólo él podía hacer real para el mundo. Otra vez debía desandar los mismos lugares, comenzar el mismo recorrido, casi a la misma hora.

Una tranquila sobremesa de domingo

para Albis Torres y Wendy Guerra

–«De plata los tenedores, de plata los filosos cuchillos de mango labrado y las finísimas cucharillas diminutas y los candelabros de plata...».

–Sin ironías... Me duele un oído.

Y otra vez el silencio, como de un tiempo a esta parte venía sucediendo siempre que llegaban a ese punto donde se agotaban los argumentos, y quedaba sobre la mesa un extraño sabor, la desagradable necesidad de definir una cuestión que cada uno de los tres hubiese dejado con muchísimo gusto al otro.

–No es ironía –dijo ella. Sólo intento darle un poco de humor al asunto.

Él la miró a los ojos sin cambiar la vista, y ella volvió a su mutismo.

Así se mantuvieron durante un largo minuto, hasta que alguien tocó a la puerta. Él se levantó, pero ella, con un gesto sereno, lo detuvo. La visita no esperada podría ser una buena excusa para postergar el tema. Sin embargo, aprovecharon la pausa de silencio para simular que no había nadie en casa: la vulgaridad y lo imprevisible del asunto los había sorprendido, y ahora ellos se sentían conminados a afrontarlo, sin la vergonzosa presencia de un testigo, con la esperanza de llegar esta vez a un acuerdo. Decidir algo. No sabían que en el fondo, de alguna manera, coincidían.

–Yo no los vendo –dijo él luego de aquel largo silencio que ya pesaba. Es nuestro regalo de bodas... que a la vez fue el regalo de bodas de mis padres, que así lo heredaron de los abuelos. Ellos, a su vez, los conservaron desde...

–Entiendo. Pero yo necesito una cocina. Y ustedes dos también.

–Yo lo que necesito... –dijo el muchacho y se calló, atravesado por la mirada de la madre.

Gane ciento setenta y seis cubiertos de plata en un segundo, recordó de repente. Era el texto de un cartel publicitario, visto algunos años antes cerca del Duomo de Milán, y que entonces le había hecho pensar: yo soy un hombre dichoso. Algunos deben tentar la suerte para obtener algo que yo atesoro desde hace tiempo, que he recibido sin exponerme a la ridiculez humillante de un sorteo, y que estoy orgulloso de poseer. Y recordó también que había entrevisto, al amparo de las ciento treinta y cinco agujas góticas que perforaban aquel cielo gris, la idea fugaz de una identidad, abstracta todavía, pero mucho más cerca de la posesión de ese instante particular que de cualquier retórica escolástica con palmas y montañas. Era imprecisa, más reflejo de una imagen que imagen misma, reconociéndose ahora como tal, lejana aunque tangible en aquella variedad de objetos casi inútiles a buen recaudo en una caja de cartón; algo que anudaba todos los hilos entrecruzados de una acumulación dispersa.

–¿Y cuánto crees que puedan valer? –preguntó, casi a sí mismo, y permitiendo, sin percatarse, que ella volviese a entrar sin recelos en el tema.

–No tengo la menor idea. De todas maneras, lo que te van a pagar, en caso de que los compren, será siempre mucho menos que su valor real. De eso puedes estar seguro.

«... en caso de que los compren...», pensó él. ¿Y si realmente no son de plata, si sólo tienen el clásico *baño*, siguió pensando, esa pátina argentada que los ha hecho pasar como tales durante doscientos años? No es difícil averiguarlo... Pero entonces, ¿qué es lo que en verdad estoy sometiendo a prueba? Es decir, en el caso de que no fueran auténticos, ¿dejarían de tener el valor que para mí poseen? ¿Y por qué tendría que hacerlo yo? ¿Cuál es la *identidad* de un jodío y pomposo cucharón?

–Hay unos pantalones lindísimos, pero yo preferiría... preferiría... –susurró el muchacho, y se quedó mirando a los otros dos, que a su vez lo miraron sin fervor, sin compasión, y no dijeron nada.

–Lo mismo vale para mis aretes. Imagino que me ganaré de una vez por todas el infierno si los veo convertidos en cuatro pomos de champú barato.

–Modesta Serrano ni siquiera te dejaría entrar allí si se entera donde ha ido a parar el regalo de su primer novio.

–¿Y es verdad que son de oro? –preguntó el muchacho mientras encendía el televisor.

–Apágalo –contestó ella. ¡Apágalo!

–¿Por qué?

–¡Porque sí!

–Calma, calma –dijo él, mientras curioseaba en la nada oscura que resbalaba en el fondo de una taza de café. Pasó un dedo por allí, recogió la borra y se chupó el dedo. –Me trago mi destino.

En la cocina, la pila del agua goteaba desde hacía siglos.

«Calma. Calma para soportar», pensaba ella. «Y paciencia. La paciencia es el cuchillo de la esperanza. Calma para atenuar la humillación, calma para mirarte mientras pasas el dedo por la porcelana y luego te lo llevas a la boca con una amargura contenida... calma para escuchar a Abelardo Barroso o un viejo blues de Hooker con un poco de cinismo y lástima al mismo tiempo...»

–*«you'd better come on in my kitchen, it's going to be raining outdoors»*– susurró él mientras recogía los restos del almuerzo y llevaba los platos sucios a la cocina.

«...patrimonio de una isla, totalidad de bienes dispersos, cercados por el agua, la maldita circunstancia. Caudal espiritual, o lo que es lo mismo, una suma de innumerables, pequeñísimos y personales tributos, botines de la memoria que se acumulan y se acomodan a su antojo en algún lugar y que en algún momento comienza a molestar. Azogue del orgullo que refracta el conjunto... o el caos, según el caso. Pero sacrificarlo es poner en juego la permanencia, la existencia misma de ese espejo. ¿Qué es lo que desmembra y disemina un tesoro, la avidez o la miseria? Siento como si me estuviesen perforando cadenciosamente el tímpano...».

–Te pones hipocondríaca y filosófica cuando lavas los platos –descubrió él leyéndole los labios. Luego la besó: «No se venden».

–Pero yo necesito una cocina...

–Y yo unos pantalones... sugirió más bien la débil voz del muchacho, voz que se desvanecía en el oído de él hasta casi desaparecer, sepultada por un pensamiento más fuerte «...especular con la penuria o un paliativo contra el furor cotidiano... ¿Quién vale más...? ¿A dónde me lleva Cristo este mazo de tenedores puñeteros?».

–Podemos olvidarlo. Hacer como si nunca hubiese existido –dijo ella, mientras intentaba detener el goteo de la pila.

–Ya es demasiado tarde.

–Hagamos como si fuera un juego... –dijo el muchacho, temeroso.

Viendo la sonrisa de los otros, viendo que la réplica no llegaba a tiempo, prosiguió: «Podemos nombrar cada cubierto con el nombre de lo que hubiera podido ser. Este tenedor, por ejemplo, no es un tenedor, sino un jabón de lavar. Este otro un cepillo para el pelo. Estas dos cucharas no serán dos cucharas nunca más, sino un litro de aceite, y este cuchillo...».

Era un juego macabro, sin salida, y ellos lo sabían. Un juego que, lejos de olvidar, les haría evocar constantemente la disyuntiva, dos veces al día con un poco de fortuna.

–Patético –susurró ella. Abrió la pila del agua y comenzó a fregar.

Panóptico

–¿Ha probado salir una mañana a comprar cigarros y mandarinas? ¿O café y chocolates? Café y chocolates es más distinguido, pero pruebe mejor con la primera variante, seguramente más barata y accesible. De cualquier manera, tanto en una como en la otra, su entrada al mundo de lo cotidiano será diferente. Anímese.

Lucas intentaba abrir puertas en la conversación con la misma buena voluntad con que excavaba tumbas nuevas. No lo agobiaba el macabro automatismo ni el esfuerzo de este trabajo, pero encontrar a su viejo amigo era una posibilidad de tantear otros puntos de fuga que llevaran su rutina de sepulturero a lugares más luminosos, de abandonar por un instante su eterna condición de perro husmeando entre los huesos. Y a pesar del tiempo transcurrido, lo seguía tratando de *usted*.

–Eso está bien. Pero, ¿y luego?, respondió el otro.

–Las horas tempranas son decisivas. Debo saber qué sucedió mientras dormía, y, más importante aún, qué sucederá a partir de entonces. No puedo perder el tiempo con mandarinas. Debo estar alerta –concluyó, y siguió de largo.

Centinela alerta era un apodo feliz: justo, certero y anónimo, como deben ser los buenos sobrenombres. El final de su respuesta era siempre el mismo; la voz, impasible, idéntica la actitud, aunque variara la propuesta. Y ahí se atrincheraba, sin mutaciones ni parpadeos: un guardia suizo ante una puerta en el Vaticano. Otra puerta cerrada.

Centinela tenía setenta y dos años. Estaba jubilado desde hacía cinco, y esperaba la muerte con calma, *sin esperanza ni desespe-*

ración. Para menoscabar en lo posible «la magnitud del último momento» (la frase es suya), para atenuar el impacto o demorar su llegada –pues creía que estando ocupado en otros asuntos, el tiempo para pensar en ello sería menor–, se hizo elegir vigilante de su zona de residencia. No se sabe muy bien por quién. Obviamente sin remuneración. Investido de una autoridad virtual, no acatable, pero creíble y valorada en ciertas instancias. Así, también, podía argumentar su celo y su curiosidad por los pequeños avatares cotidianos. Pero este cosquilleo no se limitaba al simple conocimiento, a la avidez por saber lo que sucedía. Le era imposible conformarse con ser un ente pasivo del acontecer. Necesitaba juzgar. Y *elevar* sus criterios. Según algunos, era *esto* lo preocupante.

Nada sucede por azar, decía. «Todo tiene su causa, y por tanto su efecto, y como tal debe ser analizado». Sus juicios, como es de suponer, casi nunca coincidían con las opiniones de los demás. El hecho más fortuito, simple o incluso banal posee en sí mismo «connotaciones» –era la palabra que usaba– que casi siempre escapan a la mirada simple. Entrelazaba entonces la anécdota con otra similar aunque más cargada de contenido, y ésta a su vez con un suceso de mayores dimensiones «porque, si se mira bien, son directamente proporcionales, lo mismo en el fondo». Llegado a este punto, intentaba convencerte de que, en esencia, ambas cosas –el comadreo y el hecho– eran una y la misma, y por tanto, igualmente peligrosas (y por derivación de derivaciones, igualmente condenables). Así pues, lo que al principio podría ser una simple escaramuza, un pasatiempo de adolescentes aburridos y deseosos o una simple frase lanzada al viento, adquiría proporciones –en sí mismo, no después de su análisis– que la comunidad no debía ignorar; «digo más», debía reprimir de alguna manera.

Directamente proporcional a la *justeza* de tales «principios» (otra de sus palabras favoritas) era su convencimiento de que éstos no podían ser observados o asumidos si al mismo tiempo no estaban avalados por una conducta moral impecable, y una austeridad ejemplar y visible del practicante. Por tanto, mostraba con esmero una vestimenta humilde, unas suelas de zapatos devastadas por el digno fragor de lo cotidiano, un tono afable y comunicativo, es decir, el típico hombre de pueblo que no tiene nada, que se conforma con ello y que, por consiguiente, nada tiene que ganar o perder. La imagen, se sabe, es fundamental cuando se quiere ser paladín de algo. Una imagen en consonancia. Se propuso este rol, se prometió desarrollarlo.

La naturaleza suspicaz –y punitiva– de su razonamiento le imposibilitaba gozar del componente lúdico que casi todo hecho posee. Cada tarde, en un terreno cercano a su casa, un grupo de jóvenes se reunía para jugar fútbol. Los partidos comenzaban alrededor de las cuatro, y se extendían hasta que la oscuridad no permitía distinguir quienes eran de una escuadra o de otra. La pasión y la tenacidad de los jugadores los había llevado a organizar un torneo, y el mimetismo o la admiración dio lugar a que cada equipo tomara el nombre de un homólogo famoso. Asimismo, se habían puesto de acuerdo para habilitar el campo, trazando líneas de cal según el reglamento oficial. Levantaron dos porterías con tubos desechables de aluminio y decoraron un lateral con marcas de artículos comerciales, tomadas del mismo cartón que empaqueta estos productos.

Y estos matices eran de cuidado, según *Centinela.* ¿Por qué motivo, le preguntó a su amigo, los piquetes debían llamarse Ayax de Amsterdam, Bayer de Münich, Real Madrid o Manchester United? Cierto es que nuestra tradición no posibilita el uso de referentes más dignos, o más autóctonos, pero cualquier variación local con un toque de ingenio, tipo Golomones del Cotorro no vendría mal. Eso para no hablar de la publicidad. Para él, los carteles eran la evidencia de una circunstancia económica mal entendida, asimilada de manera superficial o errónea. Esos fetiches coyunturales, una vez superado el «escollo» (otra de sus palabras favoritas, ésta para referirse a la situación económica del país), desaparecerían sin dejar huellas de la corteza de esta tierra incontaminada. Ni siquiera debían perdurar como complemento estético porque su interior estaba empañado de maldad. «Además, fíjate en las marcas escogidas: Hyundai, Philips, Daewoo, Nokia, Barilla, Canon, LG... ¿No te parece sospechoso que ni siquiera haya un Panda, digamos, o Hacer, o Yutong...? Eso para no hablar de Ciego Montero, por ejemplo, o Suchel... Y si todo esto no fuera suficiente, cabría preguntarse entonces, en última instancia: ¿por qué fútbol? ¿Por qué ese pasatiempo de anglosajones y *hooligans* si el béisbol era casi un componente de nuestra idiosincrasia, merecedor de un atributo en nuestro escudo nacional?».

Sin embargo era un buen conocedor; incluso un admirador de este deporte. De proponérselo, podría disfrutar, cada tanto, de algunas jugadas espectaculares, combinaciones tácticas que sabía dignas de su entusiasmo. Pero su escrúpulo estaba por encima de cualquier desliz placentero, de un solaz abandono que haría gozar únicamente a sus sentidos. *«Delicia efímera, al fin y al cabo...»*, murmuraba.

Más o menos a la hora en que comenzaban los partidos, Lucas terminaba su trabajo en el cementerio y venía a sentarse junto a él, bajo el árbol que servía como referencia para los *corners*. El enterrador seguía las peripecias del juego, intercalando algún monosílabo entre las pausas del discurso de *Centinela*. Era un interlocutor callado y atento, aunque se le hacía difícil seguir el hilo de los argumentos –que nunca estaban relacionados con el juego. Para estructurar una frase completa, debía esperar la momentánea rotación las escuadras, o el lapso entre el final de un partido y el comienzo de otro. Siempre trataba de usted a *Centinela*, no sabía por qué. –¿Con la belladona ha probado? O también un poco de éter, aunque es más difícil de conseguir. Al fin y al cabo, son dolores anatómicos–. El viejo guardián sabía que a su amigo le sobraban las razones para pensar así. Si la muerte, a fuerza de costumbre, se había convertido para Lucas en un hecho cotidiano, privado ya de adjetivos dolorosos o especulaciones filosóficas, él, por su parte, debía tratar el asunto con discreción y gracia. Nada de tonos graves, de palabras altisonantes. Desasosiego sí, pero esto era inevitable; era lo menos que se podía permitir. Por tanto, quería algo sencillo, una forma simple, nada de catafalcos rimbombantes. Mucho mejor si fuese en un lugar apartado, lejos de las miradas curiosas. Sin cristales. Bajo la sombra de un árbol. Y sobre la piedra su nombre. Nada más. Sin fechas ni epitafio. Y limpia, eso sí; siempre limpia. «De eso quisiera que también te ocuparas tú, si no es mucho pedir. De los que quedan, estoy seguro, ninguno lo hará». Y nada de flores.

Comenzaba a deleitarse con la idea de la tierra siempre fresca y la tranquilidad del reposo cuando reparó en la ausencia de uno de los jugadores. No era nada en especial, sólo destacaba por su altura, el pelo largo y una habilidad poco común para cabecear los balones. Tenerlo en el equipo significaba una amenaza constante para el arco enemigo, sobre todo con los tiros de esquina. Jugaba con el número ocho.

–Ahí viene *Aqualung*...

Centinela se acercó a los muchachos –siempre intentaba acercarse a los muchachos y de ahí este segundo alias, por el pánfilo de la canción de Jethro Tull–, pero le faltó tacto. Es decir, no estaba acostumbrado a él. Las evasivas dibujaron en su rostro un rictus de desagrado. Los jugadores hubieran preferido –al menos– algún comentario sobre el partido, ciertos pormenores que él sencillamente obvió para ir directo a su pregunta. Ellos intercambiaron algunas miradas, aunque no estaban obligados a responder. Pero este hombre podría crear un murmullo en la zona, un estado de opinión –desfavorable. Tarde o temprano llegará a saberse, y sospecharon que el pensamiento dialéctico de *Centinela* podría transformar el mutismo en complicidad. No está más, dijeron. Y después, riendo ya ante la perplejidad del viejo:

–No, Centinela, no está muerto: Se fue.

Del país. De la tierra que lo vio nacer, según la retórica del anciano, a otra que lo contemplará mientras crece, y nadie se preguntó cual de las dos miradas era más importante. Pero él no lo extrañará; si algo habría que echar de menos serían sus cabezazos, aunque el vacío transitorio le produjo una desazón que en ese momento no pudo explicar.

Llovió al día siguiente. Toda la tarde y hasta bien entrada la noche. Los informes meteorológicos anunciaban mal tiempo para las próximas cuarentiocho horas. Sin embargo, el desconcierto de *Centinela* estaba motivado por la insistencia de los partes en el «peligro de muerte» que este cambio atmosférico podría suponer para «embarcaciones construidas de modo rudimentario», que «se aventuran lanzándose al mar en la costa norte del país». No podía entender que luego de esta advertencia tan clara hubiese alguien que decidiera salir a pescar, pues por muy necesitado que uno esté, ya sea de distracción como de comida, esa decisión podía costarle la vida. Luego amaneció con una luz borrosa, casi sucia, y aunque el campo, hacia las cuatro, ya estaba seco, esa tarde no hubo partidos.

Los compañeros de escuadra del cabeza-de-gol lo vieron acercarse, pero ahora nadie tarareó la canción de los ingleses. Estaban sentados en una esquina, con los zapatos de jugar en el fango. Y a la interrogante del viejo alguien respondió: «estamos de duelo».

Al tercer día salió nuevamente el sol. *Centinela* había descuidado sus funciones por la humedad, que ablandaba sus huesos. Luego de tres días encerrado en casa, nada mejor entonces que dar un largo paseo para estirar las piernas y exponerse al sol; hasta la necrópolis donde trabajaba Lucas, por ejemplo. Tal vez su amigo podría aclararle algunas cosas. Pero desistió de esta idea, convencido de que el motivo principal sería siempre, aunque no lo dijera, la curiosidad por ver el estado de las obras; los preparativos. Él prefería estar al tanto de ese asunto por los informes del enterrador. Si agotaba sus preocupaciones, sus temas de conversación, ¿qué le preguntaría ahora, sentado a su lado bajo el árbol en la esquina del terreno, mientras, casi frente a ellos, uno de los delanteros se disponía a patear un corner?

Su curiosidad, acotada por los monosílabos del amigo, no impidió que su retentiva detectara nuevas ausencias entre los jugadores. Para Lucas era un fastidio aquel ángulo de visión, desde donde todo se veía como sesgado, pero se sentaba allí sólo para complacer a su amigo: sabía que de correrse un poco más hacia el centro del campo, como naturalmente hacían todos, nadie iría a acompañar a *Centinela*. Brillaría allí con la soledad de un árbitro de línea. Lo que Lucas no sabía era que ya nada de esto afectaba a su amigo, pues ahora las deserciones absorbían toda su atención, aun cuando Lucas le advirtió de dos jugadas, una muy discutible y la otra casi maravillosa. Eran hábiles e imaginativos, lo sabía, pero de haber estado el rubio, que tan bien patea con la zurda, el gol era seguro. ¿Y el arquero del *Bayer*? Extraño, siempre estaba allí, y además, era el dueño del balón. Con la lluvia, el cartel de la Philips había perdido los colores, su prestigio se volvía dudoso ante la evidencia de aquellas manchas de humedad que avanzaban por el cartón como una costra de viruela. Bagley simplemente vino al suelo. Pero Canon, con su ojo avizor, aún seguía las evoluciones de los jugadores sobre el césped.

La historia, entonces, se abre, se dilata, amplía sus puntos de vista. Así pues, tendríamos una perspectiva en fuga en primer plano y una perspectiva «compartimentada» al fondo con diversas escalas y matices, como haría Uccello en *La batalla de San Romano*. Desde la privilegiada posición de su atalaya en un sexto piso, *Centinela* seguiría los movimientos de algunos atletas, los escurridizos principalmente, de presencia inconstante en el torneo. Si antes los veía de manera difuminada, esbozos sin mayor consistencia que la de formar un conjunto necesario a la composición general, ahora intentará concentrar la atención sobre ellos, trazar itinerarios estructurados sobre la base de la repetición, de la asiduidad a un lugar, de hábitos que adquieren cierta singularidad en el miasma de lo cotidiano. Del reflejo incondicionado, que es tal hasta que alguien intenta codificarlo. Haría *foco*. Les daría *volumen*. Lo ayudaría su buena memoria, su memoria vacía y permeable a falta de otras ocupaciones, y su fama de buen fisonomista. Las conclusiones –perspectiva de fondo– se irían armando por sí solas en la corvergencia espontánea de las analogías. Y no descuidar el vínculo entre ambas representaciones: ahí estaba el quid, la fragancia del éxito.

El estrangulador no lo hacía por maldad. Sastre frustrado al fin, sólo quería medir el cuello de sus clientes, como quien intenta recuperar el recuerdo de un placer casi olvidado. En ese instante, *Centinela* descubrió que podía disfrutar de su misión, al revelársele su condición de agente para sí mismo. Se había auto contratado para un encargo que nadie solicitaba. Por lo que podría crearse sus propios métodos. Intentando ser sutil, rastreaba la información con los medios disponibles: su aire preocupado y paternal, el tono de buen evangelista, su mal ganada reputación de consejero público. Pero la soberbia que transpiraba su pantomima levantaba siempre sospechas o rechazo.

Todo lo quiere saber del enfermo la señora fue el primer cartel que apareció una mañana, al levantarse… *Y no ve nada*, leyó por la tarde al regresar. Un añadido al primero. Crayola sobre papel, clavado con una tachuela en la puerta de su casa. En ambos casos, aunque distintas, eran caligrafías rápidas y escurridizas, como una finta en el ataque. Es la consecuencia de la excitación, pensó, de la precariedad temporal o el nerviosismo de estos días. Confusos, trágicos o carnavalescos según se mirara, aunque su visor no llegaba hasta allí. Pero ya estaba sobre aviso: también ellos sabían.

Centinela alerta creía que los remordimientos traicionan a las personas. Tal vez por eso descargó la responsabilidad de los carteles en los dos defensas que no alinearon la tarde siguiente. Sabrían que él estaría allí para desenmascararlos con la mirada desde su esquina favorita. Esa tarde vio los partidos en silencio: tampoco Lucas se dejó ver. No hubo, de todas formas, nada digno de comentar, fueron partidos de rutina, como para cumplir con el ritual. Y al caer la noche, decidió informarse sobre los jugadores ausentes. Rondando frente a sus casas, escuchó que alguien comentaba no haber visto allí ningún movimiento desde el día anterior. Las puertas y las ventanas estaban cerradas, pero acercando el oído, en ambas podía escucharse la estática de una emisora de radio, y con un poco de atención, las noticias, ininterrumpidas; los informes de meteorología. De asomarse, por el orificio de la cerradura vería la refracción de su propio ojo al acecho.

Esa noche, después de comer, encendió el televisor y se sentó a seguir los juegos de la imagen. No lo hacía casi nunca, no le gustaba atarse a historias seriadas que parecían no terminar jamás. Prefería las voces sin rostro de la radio, el desenfado que la invisibilidad permite. Pero tampoco allí pudo encontrar algún indicio, alguna pista que le dejara desentrañar o explicarse lo que ocurría. Curiosamente, todos parecían coincidir en la importancia del estado del tiempo. En el tono de las voces notó, con cierto estupor, que el escepticismo había pasado a ocupar el lugar de la indignación; no era que hubiese cambiado el lenguaje, sino más bien la intención, su manera de articularse, transformándose en una oquedad sin bordes. La idea daba vueltas en su cabeza, y él se fue quedando dormido. Otra vez, comenzó a llover.

¿También la noche como una oquedad sin aristas? Por un momento no tuvo noción de cuanto tiempo había pasado. A partir de cierta edad el sueño se hace prescindible, viene sustituido por la vigilia, como si se evitara ser sorprendido en una actitud tan poco digna. Los rayos del sol entraban ahora por la ventana de su sala con una fuerza que desmentía todas las predicciones meteorológicas escuchadas hasta unas horas antes. Los rectángulos de luz parecían sumidos en un sueño febril sobre el piso sucio, de mosaicos grises. Como de costumbre, corrió las cortinas, dejando el apartamento en penumbras. La intensidad de los colores disminuía entonces en una octava, todo se llenaba de oscuridad, como si el espacio entero se hundiera en un vislumbre de luz parecido a la profundidad del mar. Recalentó un fondo de café en un jarro de lata, recalentó tautológicamente dos tostadas, engulló todo como si lo que tragaba quisiese guardarlo con apuro en una bolsa, y salió a la calle.

Donde un sol riguroso parecía aplastar hasta el recuerdo de un tiempo que supuso remoto, o mal soñado, o el delirio de una noche apenas vivida, o dormida de manera equivocada, porque todo estaba seco, escurrido, todo se movía con una brisa suave y alegre, sin rastros de humedad. Ni siquiera pudo sorprender un rostro ceñudo, escudriñando las nubes como presagio del próximo aguacero. La amenaza de unas horas antes –¿o eran días?– había sido borrada por un cielo azul intenso, una mar serena y vientos cálidos del sudeste. Allí estaban los pájaros, las bandadas de golondrinas en el mismo centro de un verano tórrido y revuelto; la piel tostada de los muchachos, los diminutos trajes de baño a dos piezas oreándose impúdicos en las terrazas. Sin dudas, alguien le tomaba el pelo; él no podía equivocarse. No de forma tan rotunda, al menos.

Lo que imaginó su desayuno era ya almuerzo tardío. A sus espaldas, en la puerta, un cartón todavía húmedo colgaba del picaporte. *El que dice no es aún un poco feliz*, repitió en voz baja.

¿Por qué los ponían en su puerta, si parecían tan genéricos? La broma, entonces, dejaba de serlo, el juego escapaba de sus manos, y por tanto, debía ponerlo en otras más expertas. «Entregaré estos libelos a Tamayo-el-depilador, él sabrá qué hacer». Por la posición del sol, dedujo que a más tardar en una hora debían comenzar los partidos. Pero hoy iría al encuentro de su amigo.

Que sí conoce la aspereza y la rigidez de la estación, que ha sabido aprovechar ahora la permeabilidad de la tierra y, agradeciendo su dúctil superficie, despalilló él solo tres sepulturas en media jornada. Tendrá entonces toda la tarde libre, gozará de esa esplendorosa jornada en el trayecto entre el camposanto y su casa *con la satisfacción del deber cumplido*, y, sobre todo, la alegría de poder comunicar a *Centinela* la buena nueva. También Lucas tenía deseos de visitar al amigo, a quien sabía muy susceptible a los cambios de tiempo. Y esta vez le tocará a él preguntar. Hoy, excepcionalmente, Lucas necesitaba un interlocutor que lo escuchara con atención e intentara explicarle el significado de ese escrito aparecido en uno de los muros de la entrada principal. Porque su cementerio será siempre ese lugar apacible, fresco, fúnebre pero no sombrío, de anchas avenidas con amplios panteones donde se cruzan bicicletas y carrozas fúnebres, y siempre comenzaría allí, al final de la calle doce, y no *en el muro del malecón*, como decía al final del letrero anónimo escrito sobre la pared. Después, podrían ir a celebrar.

–No. No tomo ron. No me gusta beber.

Y sí, estaba bien que no lo hiciera, incluso, que no le gustase, era de suponer, tratándose de alguien como él, pero lo que Lucas no puede entender es por qué lo dice con tanto orgullo. Sólo la gente mediocre se enorgullece de lo que no le gusta. «El que dice no es aún...», piensa Centinela, pero tampoco dice nada. Se habían encontrado a mitad de camino, bajo el sol despiadado de agosto.

Y regresaron a sentarse en la esquina de siempre, bajo el árbol que sirve como referencia para tirar los *corners*. *Centinela* quiere confesarle que él también «ha tenido lo suyo»; conoce esa retórica sin mucha metáfora que comenzaba a proliferar en las paredes, con la diferencia –y esto era lo que le impedía comentarlo– de que en su caso las frases estaban dirigidas *a él*, no era un muro público la puerta de su casa. Observan el campo, la hierba alta, las marcas de cal difusas, casi borradas, los cartones de la publicidad por tierra, y piensan que los muchachos han sido descuidados en el mantenimiento.

–Hoy terminé tu encargo. Quedó muy bien. Aquí está la ubicación exacta –dice Lucas, y le extiende un papel doblado. En ese instante, *Centinela* tuvo la sensación de que alguien lo miraba desde atrás. Creyó ver el reflejo de un cuerpo en la superficie reverberante de una hoja de plátano frente a él. Pero allí no había nadie. Sólo ellos dos y la brisa sobre los árboles y la tierra bajo los pies. Guardó el papel en un bolsillo, sin mirarlo.

–Gracias.

Lucas no pudo saber si era repulsión o gratitud lo que había en aquella palabra. De cualquier manera, no hablarían sobre este asunto, no lo volverían a tocar. Es difícil encontrar algún tipo de satisfacción en los emblemas de la muerte, aunque lleguen en forma de regalo. En el intervalo de silencio que siguió a la acción de guardar el papel, Centinela tuvo la sensación de que la tierra que estaba pisando cobraba consistencia, alcanzaba un espesor repentino, desconocido, una cosquilla incómoda en las plantas de los pies. Como si aquello fuese la única realidad, y todo lo demás el decorado o la ilusión de algo incierto, engañoso y mordaz. Una sensación pavorosa, capaz de trocar, en un instante, la convicción del tiempo vivido en una borrosa y tenue ofuscación, un insoluble malentendido.

Hablaron del tiempo. Que ahora les regalaba un atardecer esplendoroso y la diáfana visión de una cancha vacía, donde esa tarde no se iba a jugar. Pero eso sólo lo supieron después, cuando el sol se ocultó. *Centinela* ve pasar a alguien que le recuerda a un antiguo espectador, y lo aborda. Habría que reorganizar los equipos, faltaban muchos jugadores. Su interlocutor movió la cabeza. «¿Y dónde?» –Ya no... ya no están aquí. Y miró a *Centinela* con aire vacilante.

Manguaré. Buena música

Yo me aíslo por un momento del rumor de grupo y me imagino que vivo en una enorme villa en los bosques de Sigmaringen. Qué agradable pasearse por sus pintorescas estancias donde no hay nada de estuco ni atrezzo, donde todo es auténtico y real como quisiera que fuese este deseo efímero y caliente igual a la noche misma. En los recodos aparecen de improviso sopranos y tenores que te susurran al oído un aria modulada; atravieso amplios pasillos que entrelazan en su infinitud el juego consecutivo del decorado y las paredes cóncavas, de cuyas oquedades emergen ujieres de empolvadas pelucas que con mucha pompa y reverencia se inclinan a tu paso; así hasta salir al jardín, atraído por la melodía de una orquestilla que toca junto a una fuente con los músicos sentados en semicírculo alrededor del agua; tocan con aire calmo una melodía conocida. Sin que tú lo notes ellos advierten tu presencia, y a medida que te acercas muestran su cortesía levantando el brío de la tonada; el fragmento se sostiene durante la ínfima fracción de tiempo que para ti supone atravesar aquella parte del jardín, pero como tú deambulas con una vaga idea del tiempo, el fragmento en cuestión se alarga a tus espaldas, se estira mientras te bamboleas zombi en el sopor de un motivo que se repite insistente y monótono como el verde del césped, rodeado de vestales que danzan entre flores olorosas, o tal vez son sólo sensaciones olfativas y multicolores provocadas por el brillo de los instrumentos, cuyo reflejo al atardecer se refracta en las pulidas cortezas de los árboles recortados al fondo, floresta que a su vez te hace pensar en otra, aquella de Marienbad, o tal vez en los cúmulos de cipreses que bordean los balnearios de Baden Baden, o en los pinos mediterráneos que después conocerás serpenteando por las colinas de la isla de Capri también en una noche de verano, pero eso pertenece a otra historia y yo ahora debo volver a ésta porque, a pesar del esfuerzo, sólo puedo percibir la imagen mustia de unos laureles, podados en pleno verano, que delante de mí se balancean, movidos por una brisa que apenas me roza y envueltos en una oscuridad confabulada. Regreso nuevamente al rumor de grupo donde seis personas se aprietan silenciosas en un mismo banco de madera, en un parque y un pueblo abandonados a las sombras, a la especulación de cualquiera. Según mis cálculos, debe ser ya alrededor de las dos de la madrugada, tal vez un poco más, y la primera carroza sale –si sale– a las seis menos cuarto. Por tanto, no había otra cosa que hacer –mas allá de soñar con Sigmaringen o BadenBaden– que no fuese fumar y mirar las estrellas.

Ya lo dije, estábamos sentados, inmóviles, en un banco del parque de un pueblo de provincias que deja de existir cuando cae la noche. Todo dormía con una pesadez que daba pena y miedo al mismo tiempo. Éramos, por tanto, el centro vivo del mundo, al menos de ése donde nos había agarrado la madrugada. Para bien y para mal, iba a decir. Ahora pienso que sólo para mal.

Los Jimaguas vivían allí; también Miguel (¿cómo podían?), y habían decidido acompañarnos hasta que partiéramos. Por solidaridad y por rabia insomne porque la fiesta terminó en su mejor momento, justo cuando debía dispararse hasta el clímax. De repente todo se complicó, se adensó el poco aire en los pasillos de atrezzo revestidos de estuco y lechada; gritan histéricas las niñas tornasol y luego se esfuman asustadas, un tropel de vestales en fuga porque el tipo del audio dijo que una música como aquella era para oírla reventándote los oídos o si no nada, y tenía razón. Motivo suficiente para que alguien, con la despótica autoridad que dan algunas circunstancias, enviara a paseo a toda la concurrencia bajo la mirada aprobatoria y protectora de los auxiliares del orden y el habitual vecino con insomnio, que siempre está ahí, nadie sabe cómo, para apoyar decretos como éste. Todo como de costumbre y sin la posibilidad de que uno pueda habituarse mansamente a eso: es decir, después de cierta hora ya no hay razones que no sean las del silencio y la obediencia, sin que para nada importe que seas el barón de Montpellier o que comience agosto y el esplendor de un verano que parece interminable. «Voy a traer un radio» dijo uno de los Jimaguas. Alguien buscará la música, vendrá con un gramófono mecánico o con una orquestilla de cuerdas, pelucas empolvadas y casacas azules y, quien sabe, quizás algún brebaje de frutas fermentadas para libar-fumar-mirar las estrellas...

–Carnet, carnet... –cantaba la rana y tarareaba el policía. Los barajó y abrió en abanico como una buena mano de ases.

–Ustedes tres no son de aquí.

–De Cienfuegos –dijo el Gordo.

–Yo sé leer –contestó el agente–. ¿Qué hacen en el parque a esta hora? –preguntó sin quitar los ojos de los documentos.

Cualquier cosa que dijésemos daba igual. A aquel hombre le había tocado el turno de la abulia y necesitaba un pasatiempo. «Somos estudiantes de geografía, analizamos el terreno...»; «preferimos la noche porque las coordenadas trazadas en el firmamento son más exactas...»; «fíjese bien, aquella es la estrella de Belén, ya casi termina el año, aunque el equinoccio...». Levantó la vista y me miró.

–¿Son religiosos?

–Astrónomos (yo).

–Estamos conversando... (algún otro).

–Aquí no se puede hablar.

Encendió una linterna, y a intervalos precisos iluminaba la foto en la tarjeta y nos encandilaba la cara para comprobar la correspondencia entre imagen y documento. Nosotros, callados, lo mirábamos cuando desviaba la luz a otra parte. ¿Y ustedes dicen que son estudiantes? –murmuró después de agrupar los carnets en un mazo apretado y apagar la linterna. Movimos la cabeza. ¿Y el pelo? «Son pelucas empolvadas…»; «estamos de vacaciones…»; «mis padres no me dan dinero…»; «los barberos se fueron a los carnavales…».

–Nada que ver –cortó de pronto–. Ustedes tienen problemas.

«Nada que ver»: nada que hacer. Como si el pensamiento le naciera en la boca. Y estábamos a su disposición. Pero no teníamos mucho que perder, ni siquiera tiempo. Y puedo asegurar que a mí me daba lo mismo, tanto lo que pudiera pensar –si pensaba– como sus posibles consecuencias. Aun suponiendo que fuera su propósito, nunca podría atraparme. A la menor insinuación, yo saltaré sobre mi caballo previamente embridado y escaparé al galope como Barry Lyndon por la floresta de Nottingham… cuando un empleado de la estación de ómnibus silbó desde la acera de enfrente. El agente volvió la cabeza y el otro hizo una seña, levantando el brazo con un vaso de café humeante en la mano. Al mismo tiempo llegaba el Jimagua con el radio encendido.

–Manguaré. Buena música –observó el compañero de la autoridad.

Dio otra ojeada a los papeles, los apretó en un puño y después le entregó el mazo al otro Jimagua. Tal vez porque así podía distinguirlos momentáneamente según la función de cada cual.

Yo envidiaba aquella similitud. Tenía una particular obsesión por multiplicar mi imagen, por lograr que mi figura pudiese partir al mismo tiempo en dos direcciones distintas para de ese modo desalentar a mis perseguidores, admirador y practicante del arte escapatoria de Lucio Sutilo aunque sin la pretensión de aquella ingravidez vaporosa; anhelaba, al menos, la capacidad de ser ubicuo, de hacer aparecer y disipar al instante mi limitada presencia. Pero no fui yo quien abandonó el lugar dejando allí una engañosa imagen refractaria de mí mismo sino el agente del orden, que caminó lentamente hacia donde lo llamaban. Ya iba a cruzar la calle cuando se volvió hacia nosotros.

–Voy a dar una vuelta. Al regreso no quiero verlos por aquí –y desapareció.

Y allí quedamos, viendo como se alejaba muy seguro de sí mismo, las caderas cerradas por el cuero negro del cinturón; sin movernos, sin hacer ningún comentario. Se podría decir que de momento nos había salvado la sabia elección musical del Jimagua mientras se acercaba con el radio. Manguaré, dios mío. De todas formas, creo que ya lo dije: no nos importaba. A lo sumo sentíamos curiosidad, algún respeto quizás. Nada más. El Jimagua se sentó en el centro del banco y movió la aguja en el dial hasta donde había una marca hecha con tinta roja. «Desde Arkansas, para nosotros». Era la primera frase íntegra de Miguel en toda la noche.

Un sonido familiar trajo de nuevo la conocida sensación de parajes remotos, de profundidades marinas, de onda interestelar, en la que divaga una voz tranquila y grave, como corresponde a toda buena conversación en una noche profunda. Era un sonido que entraba en algunas ocasiones, entre canción y canción, cuando al locutor se le ocurría comentar algo sobre lo que se había escuchado previamente o sobre lo que vendría a continuación, un sonido producido y manipulado con toda intención, esa de transportarte a un lugar donde pudieras sentir el vacío, la importancia de la soledad necesaria para escuchar. Alguien apostó a que de seguro ponían *Cocaíne*, pero no, era la hora del miope y *Funeral for my friend*, no había dudas de que al tipo le gustaba esa canción y la ponía casi todos los días a la misma hora, motivo suficiente para que alguno disintiera proponiendo *Goodbye Yellow Brick Road* como paradigma de aquel pianista corto de vista y espejuelos estrafalarios, y ya entonces entre la estática y las voces no se podía oír *Demons and Wizards* de Uriah Heep, que era lo que realmente sonaba. Pero como cualquier cosa puede ser la continuación de cualquier otra si se parte de no tomar ninguna como principio, luego de la sugerencia del Gordo relacionada con estereofonías ambientales y reciclajes de sonido fuimos a parar a la glorieta del parque, cuyo techo abovedado amplificaba realmente la música, creaba una acústica diferente. En la penumbra de aquel lugar, la concavidad del techo parecía flotar por encima de nuestras cabezas como un arco de sombra, una corona que gravitaba milagrosamente sobre un lamentable jónico de provincias. Pero realmente se oía mejor, mucho mejor que a la intemperie, y ahora sonaba Aerosmith, Steven Tyler cantaba *Dream on* y por un momento hubo silencio, como si se guardara el riguroso minuto por algo que ya nos parecía venerable. Yo me siento bien. Escuchando aquella música y rodeado de aquellos amigos, una deliciosa sensación de paz, parecida a la felicidad, se apodera de mi, y aprovecho el lapso para dar una vuelta, bien lejos de la oscuridad, esta vez hacia el esplendor de una laguna véneta, simple mortal que salta del *vaporetto* y desembarca en la mayor de sus islas, inmerso en el tropel de forasteros vespertinos que ahora vagan admirados por la Plaza San Marco entre el remolinear de una nube de palomas que cada tanto levanta el vuelo y se posa nerviosa en un oasis de piedra gris, aprovechando el claro momentáneo abierto entre la multitud. Me dejo arrastrar por el torrente cuyo rumor, sin embargo, no logra opacar mi singularidad, más bien estimula mi percepción y mi placer cuando escucho el leve roce de una capa de organdí sobre la superficie de granito pulido y oscuro. Todas mis sensaciones son invadidas por el goce de los sentidos. Está por caer la tarde, y el intenso resplandor dorado que reflejan los cuatro lunetones de mosaicos ubicados en la fachada oeste de la basílica crea a un tiempo, sobre la plaza y en mis ojos, un efecto cercano al éxtasis. La luminosidad y la emoción me enceguecen y yo me aparto, me voy hasta una de las esquinas de la plaza, bajo un alero, para sopesar en calma el esplendor de mis sentimientos. Pronto me percato de que el azar me ha reservado un punto que, por su perspectiva acentuada, procura también un deleite emocional, estético; no puedo definir como se logró la proporción pero tampoco me interesa hacerlo, lo puedo sentir desde su sabia geometría, y como es una bellísima jornada estival, noto la manera en que las figuras multicolores del gentío que atesta los espacios toman el aspecto de manchas cromáticas semejantes a las de ciertos cuadros de Guardi. Disfruto de esta visión fugaz mientras floto entre la gente hasta el Café Florian, desde donde puedo admirar la Porta della Carta del Palacio Ducal y su caprichosa arquitectura de arcos trilobulados, pero más que esto me conmueve el hecho de estar sentado allí, allí mismo, pidiendo un café donde también lo saboreaban con frecuencia Byron y Thomas Mann, Goldoni y Proust, Pound y Auden, Rilke o Scott Fitzgerald, y ese olor, o un aroma parecido aunque bastante alterado me hace abrir los ojos y darme cuenta de que enfrente, en la estación de ómnibus, han comenzado a colar. Intentando superar las inconveniencias de la estática, del vacío sideral que nos separa de la fuente, alguien acompaña los suaves compases iniciales y la aguda voz de Plant, susurrando casi, que *there's a lady who's sure all that glitters is gold, and she's buying a stairway to heaven*, la que nos haría falta ahora mismo para salir de este condenado pueblo. Yo avanzo mi propuesta de café y cigarros, pero finalmente tengo que ir solo. Una veneración cercana al fundamentalismo ortodoxo les hacía inconcebible cambiar las escalas celestes por borra de madrugada.

En la estación quedaban algunos durmiendo en los asientos. Al fondo, una señora gordísima se movía con una calma ancestral entre el humo y los olores del brebaje, vendiendo algo que no llegué a ver. Junto a la ventanilla de los pasajes, el policía de un rato antes conversaba con otros dos colegas mientras moldeaba la gorra entre las manos. Tragué rápido la poción, compré cigarros y regresé sobre mis pasos. Al pasar junto a ellos hicieron silencio, y mientras me alejaba pude sentir el filo de sus miradas cruzándome la espalda. Luego caminaron lentamente detrás de mí y se detuvieron en la acera mientras yo cruzaba la calle.

En el parque, bajo la cúpula renacentista y en lo que parecía ser un cierre brillante para una madrugada de sábado, la euforia acompañaba los últimos compases de la escalera, y sin interrupción llegaban los primeros fuegos de *She Some Kind of Wonderful*, casi un himno. Me uní al coro y canté, a viva voz. Podía haber dado la alarma, pero, ¿para qué? A nosotros no nos reventaba la circunstancia, no nos dolía el mundo entonces, para decirlo de forma más amable. A lo sumo, tratábamos de crearlo a nuestra manera. Y como nada me preocupaba en ese instante yo podría, incluso entre el rumor y los gritos de mis amigos, deslizarme hasta la amplia y acogedora galería Segundo Imperio donde está la biblioteca, esa estancia arrullada por el calor y el chisporroteo de la chimenea, cuyos destellos iluminan los anaqueles de cedro perfumado que tapizan los muros, y allí perderme entre los gruesos y valiosos incunables forrados en piel, ribeteados en oro, mientras pasan las horas, las mañanas de invierno, *naranjada y aguardiente*, contemplando a través de sus amplios ventanales el suave y delicioso caer de la nieve y unas figuras que se aproximan porque, del otro lado, los policías cruzaron la calle.

Anillo de mármol

«Nuestro clima tropical...», oye decir el anciano en el parte meteorológico del noticiero matutino, «nuestro bello clima tropical», y es lo último que escucha antes de salir de casa, mientras sonríe y piensa en ese vano intento de comentaristas y meteorólogos por definir un estado confuso, una suma de contradicciones atmosféricas, la precariedad y la inconsistencia caribeñas que, dicen –no en el noticiero–, es la causa principal de nuestra falta de profundidad, de gravedad esencial, de «medianoche con Dios». No hay estaciones claras y precisas como tampoco seriedad en esta isla, concluye casi al llegar al parque, y *clima tropical* es sólo el eufemismo para diferenciar una temporada de lluvias de otra más seca. Nada más. Y se sienta en el banco de siempre.

Mucho menos, entonces, podría existir un otoño: aquí las hojas no cambian su color del verde al dorado antes de caer, a lo sumo varía un poco la luz, podan los árboles, amenaza un huracán, y esas hojas cubren los zapatos, las aceras, las superficie de los bancos de madera o mármol en los parques donde crecen los laureles, que al quedar pelados anuncian el *invierno*, otro eufemismo que sirve para diferenciar el bochorno en agosto de la brisa que aparece por enero, un ligero descenso de la temperatura como un pretexto para disfrazarse, para caminar por estos mismos parques con una bufanda al cuello, añorando otras latitudes.

El ciclo se repite cada año, y entre un ciclón y otro, todas las mañanas son iguales. También ésta de hoy, a no ser por el ruido de los camiones que circundan el parque al amanecer. En el centro, como siempre a la misma hora, tres ancianos conversan sentados en el banco circular que rodea el álamo centenario.

Con pereza o tranquilidad –no se podría definir bien–, sonámbulos bajo el sol tenue, los recién llegados en los camiones descargan mandarrias, martillos neumáticos, carretillas y sierras eléctricas. No obstante la presencia de las herramientas, parece más bien una inspección de rutina, una simple visita de arquitectos elucubradores. Se mueven con indolencia, estudian el terreno, tropiezan en las esquinas, intercambian opiniones en un lenguaje técnico que hace pensar en un proyecto que nunca trascenderá a la idea, sospechosa sin embargo por la reposada presencia de los martillos en el borde. Hablan y danzan alrededor del banco circular donde están sentados los tres viejos, los únicos a esa hora, que los miran acercarse formando una espiral concéntrica. Los ven llegar, los observan con atención despreocupada, y no comentan nada. Si algo sucede, ya se enterarán.

–Siempre-madrugando-abuelos-eh...? Uno del grupo ha roto el silencio. Es muy joven y tiene voz de falsete. La frase intenta ser un cumplido, un saludo cordial, pero sale una ráfaga escupida lo más rápido posible para evitar el nerviosismo. De los tres viejos, el que estaba leyendo un periódico alzó la vista y lo miró.

–Pues aquí nos tiene.

Los otros dos miraron un segundo al resto del grupo. Parecía gente común, pensaron, sin ninguna seña particular, gente que observa tranquila el banco de mármol y granito donde ellos están sentados y el legendario álamo a sus espaldas. Pero en la fría precisión de sus gestos, en la calma segura de sus facciones, en la presunción de las miradas y, sobre todo, en aquella voz de barítono frustrado, ellos intuyeron la posibilidad de una intención que, de realizarse, podría ser irreversible.

–...y aquí irá la fuente –concluyó el insulso cupletista.

Para estos viejos, la sorpresa era una emoción olvidada. Un recuerdo que pertenecía al período más ingenuo de sus vidas. Y la preocupación no existe si se ha vencido el temor a la muerte, pensaban. Pero la idea de un parque diferente estaba más allá de su capacidad para entender el mundo, al menos ése que ahora les rodeaba. Sentarse en este lugar era un derecho; contemplar otra vez lo tantas veces observado, un regalo de los dioses.

–¿Una fuente... aquí? –preguntó el mismo viejo que al principio había respondido al saludo de los forasteros.

–Sí. No se preocupe. Vamos a hacer un parque nuevo.

–¿Un parque nuevo? ¿Para qué un parque nuevo?

–Este ya es muy viejo, abuelo. Está deteriorado.

–Entonces restáurenlo. Eso es lo que usted quiere decir, ¿no? –dijo otro de los ancianos. Encendió un tabaco y echó el humo con fuerza, formando una nube frente a los hombres que permanecían parados junto al banco.

–No, no. Uno *nuevo*.

El que parecía ser el jefe, no obstante el tono de la voz, hizo una inflexión al pronunciar la última palabra que produjo un efecto semejante al que hubiera pretendido un padre que intenta recalcar al hijo testarudo el lugar por donde debe caminar para no mojarse los zapatos. Los tres viejos se miraron.

–Y éste, entonces...

–Desaparece.

–¿Por qué? ¿Porque es muy viejo?

–Exactamente.

–Entonces tendrán que derrumbar la Catedral –murmuró el anciano que hasta el momento se había mantenido en silencio. «O el Morro», añadió.

–Y lo que queda del Coliseo romano también –añade el del tabaco.

No les había gustado el tono bobalicón y afectado de aquel hombre al dirigirse a ellos, y mucho menos su demagogia prepotente. No sabían quiénes eran ni qué querían; tal vez sólo bromeaban, haciendo tiempo antes de comenzar un trabajo en alguna de las edificaciones cercanas –«esas sí necesitan que le pasen la mano»–, pero tampoco querían incorporarlos a su conversación, la que habían interrumpido movidos por la curiosidad. Por tanto siguieron durante un rato con sus sarcásticas propuestas de demoliciones, hasta que se escuchó el primer golpe.

En un único giro todos, los hombres alrededor y los viejos, miraron hacia el lugar desde donde vino el ruido. Allí, en la esquina sur del parque, uno de los obreros había derribado de un mazazo el banco pequeño de granito. Los que estaban junto al banco circular comenzaron a dispersarse, mientras la mirada de los viejos se transformaba en una mezcla de incomprensión, estupor y rabia. No podían creerlo pero ahí estaba, reducido a escombros lo que siempre creyeron que habrían de mirar hasta el fin.

La turbación o el estupor los dejan paralizados por algunos segundos. Pero la rabia es más fuerte que el asombro. El que leía el periódico se levanta y atraviesa el parque. Cuando llega a la esquina apenas puede hablar.

–Pero… ¿qué hace? ¿Se ha vuelto loco?

–¿Cómo?

–El banco… lo ha tumbado…

–Yo hago lo que me dicen que haga. No es asunto mío.

–¿Qué no es asunto suyo? Este es el parque del pueblo…

–Yo no soy de aquí.

Al decir esto, el hombre le da la espalda y levanta la maza para echársela al hombro. El anciano se abalanza sobre él: tal vez para golpearlo, tal vez para arrebatarle la herramienta de las manos. De cualquier manera, era difícil adivinar la intención.

–No se me acerque, viejo. Tranquilo… –reacciona el hombre, mientras empuña la maza como una bayoneta contra el pecho hundido del otro–. Vaya a quejarse donde tiene que ir. Yo aquí sólo hago mi trabajo mal pagado, y basta. Lo demás no es asunto mío.

Volvió a darle la espalda y comenzó a recoger los escombros en una carretilla.

En el extremo opuesto del parque otros dos obreros comenzaron su labor de demolición. El ruido atrae a la gente, que se acerca recelosa. Paseantes, merodeadores habituales, personas que hacen colas en los alrededores, la mayoría olfatea un poco, murmura por lo bajo y luego sigue su camino. Tal vez alguno proteste o gesticule con furia: en definitiva, tanto el gesto como la voz se pierden entre la multitud, que contempla en silencio la situación. Los dos viejos que aún estaban sentados en el banco circular corren hasta el otro extremo del parque, donde aún está su compañero, y al llegar se detienen, en completo silencio, a observar desde allí como todo se desmorona bajo la fuerza del martillo.

–¡Que no, carajo!

El viejo lanza el tabaco contra el tronco de un árbol. Mientras se apagan en el aire las últimas chispas, da media vuelta y regresa hasta el centro del parque donde está el banco de mármol. «¡De aquí me tienen que sacar con los escombros!», dice, y se sienta.

Alguien aplaude desde la acera. Tímidamente. El anciano del periódico, que aún observa cómo el primero de los obreros recoge los escombros, va también hasta el banco, y haciendo una reverencia al que ya estaba allí, se sienta a su lado. Ahora llegan más espectadores.

–Al menos no estamos solos –dice el del tabaco. Se siente observado, y por un instante le parece estar en un escenario, aunque no sabe qué debe decir. El otro abre el periódico.

Para entonces, el resto de los obreros se ha puesto en movimiento. Unos terminan de demoler los bancos que quedan, otros talan los laureles con sierras eléctricas de mano, y el resto se ocupa de recoger en carretillas todo lo que se va derribando. Las planchas de mármol y granito que se pueden salvar son apiladas en la acera, cerca de los camiones, y allí, por un instante, se transforman en lápidas de algún cementerio abandonado, para enseguida convertirse en gradas donde se sientan los espectadores. Por encima del ruido ambiente se alza el tableteo continuo y penetrante de un compresor de aire, un barreno insistente que traza en grietas sobre el concreto las zonas a levantar. Y por encima del compresor, un fuerte olor a resina de laurel.

El otro proceso transcurre en el rostro de los viejos. Lo que al principio podía interpretarse como una muestra de estoicismo mordaz se convierte ahora en una mueca de perplejidad y de impotencia a medida que todo desaparece ante sus ojos. Los restos de la devastación llegan hasta ellos en el polvo que cubre lentamente sus zapatos, de la misma manera en que antes eran cubiertos por hojas de laurel, y como el llenante de la marea va trepando por las rodillas hasta envolver todo el cuerpo.

Se suele decir que la única superioridad real es la bondad. Nos movemos actualmente en un sistema de dos dimensiones: la atracción erótica y el dinero. El resto, la felicidad y la infelicidad de la gente se deriva de ahí. Ellos parecían sobrevivir en otra esfera. La majestad de los ancianos estaba en la actitud. Una dignidad sin rencor, piadosa aunque no indulgente, persuasiva incluso, que sólo puede dar el tiempo, si se ha vivido con corrección e intensidad. Dejaban entrever una nobleza sin temor. De una serena levedad. No a ultranza. El miedo a envejecer nace del reconocimiento de que no se está viviendo la vida que se desea, como algo equivalente a la sensación de estar usando mal el presente. Eso era lo que los tres ancianos percibían en las caras de muchos de los que pasaban y apenas se detenían. Impaciencia, despreocupación. Ninguna virtud.

Tres horas después, el parque es una mole de escombros, polvo y árboles derribados, y el banco circular, con su álamo al centro, una isla con tres sobrevivientes.

Los obreros se detienen a pocos metros. El compresor cesa de golpe, el peso de la erosión se hace más denso en el silencio y más penetrante el olor dulzón de la savia de laurel. Como asaltantes cansados que reposan después del último golpe, los ancianos sentados en el banco de mármol se habían cubierto la boca y la nariz con pañuelos para protegerse de la nube de polvo que los envolvía. Por tanto era difícil ahora deducir por sus rostros las variaciones de sus estados de ánimo. Pero cualquier observador atento podía adivinar, en la contracción de una mano huesuda sobre la rodilla, o en el insistente movimiento de un pie, que parece seguir un compás imaginario, el indicio de una tensión que los viejos no podían ocultar.

Acercándose con pasos cortos, tenso él también, el que parecía ser el jefe de los obreros se acercó hasta el banco circular.

–Bueno, abuelos, necesitamos que ustedes nos ayuden. Queremos terminar.

–¿Pero aún no han acabado? ¿Qué falta ahora? –responde el que había estado fumando un tabaco.

–El banco, mi viejo.

–¿Qué banco?

El viejo pasó sus dedos sobre la superficie pulida dos, tres veces. Luego levantó la vista y la dejó allí, en los ojos del otro, como un barreno. «No, éste no», dijo. Luego hizo una pausa, como si contara para calmarse. Tal vez lo logró, pero la suspensión entre un número y otro aumentó la tensión en los demás. Sin dejar de mirar al hombre, añadió: «Mire, le voy a decir algo que de seguro usted no sabe. Cuando se comenzó a construir este parque el álamo ya estaba aquí, ¿entiende? Por eso fue utilizado como referencia central. Es decir, tiene más de ciento cincuenta años, más que usted y yo juntos. Los laureles fueron sembrados después, por eso no tienen tanta importancia comparados con el tronco fundador, aunque de todas maneras son bellos, y tienen más historia que usted. O tenían…». Hizo una pausa. Parecía agotado. Una parada, como un intervalo de dolor, como quien intenta olvidar lo que acababa de reconocer:

–Pero el álamo…

–El álamo se quedará en su lugar, abuelo, pero el banco tenemos que demolerlo –respondió el hombre, mezclado entre los obreros.

–No trate de engañarme, jovencito. Y yo no soy su abuelo. Si van a poner una fuente como usted dijo, no pueden dejar el álamo.

–Mire, ya a mí se me acabó la paciencia. Déjese de payasadas y terminen de largarse de una vez o...

–¿Cómo? ¿Cómo dijo? ¿Payaso? Payaso será el coño de tu...

–¿Pero es que no se dan cuenta? –dijo el viejo que sólo había hablado una vez, alzando la voz para acallar a su compañero–. Esto... esto es de nosotros... parte de nosotros... no lo hizo ninguna revolución ni ninguna brigada de pioneros en vacaciones. ¿A nombre de quién lo han destruido? ¿Dónde fue que aprobaron su destrozo? ¿Y los árboles, a quien le molestaban? ¿A ver, dígame?

Y el hombre: yo lo entiendo perfectamente, pero el banco hay que demolerlo. Hizo una seña a los obreros.

–¡Pues no! ¡Ni cojones! ¡No me levanto ni cojones! Si quieren demolerlo, tendrán que hacerlo conmigo encima, así que, ¡empiecen! –gritó el viejo del periódico mientras se agarraba fuerte del mármol.

No había maldad en la risa de la gente, ni en los aplausos. La presencia de aquellos carcamales gritando en el centro del parque con la mitad de la cara cubierta por los pañuelos podía ser patética, o absurda, pero sobre todo era insólita, fantasmagórica también bajo la luz de las dos de la tarde. «Sus rostros exhibían esa mueca del calor como si el sol les hubiera impuesto una máscara de fraternidad solar». Ese sol de las islas que reblandece el cerebro.

Los otros dos viejos miraron al del periódico y movieron sus cabezas. No se iban a levantar de allí. Uno de los obreros que estaba en el grupo alrededor del banco recogió su maza y desapareció entre los que empujaban a su espalda. El hombre que había hablado con los ancianos se abrió paso entre la aglomeración, atravesó el parque, y al rato regresó con un policía.

–Bien, ¿qué es lo que pasa aquí?

El tono del agente es firme, pero sin convicción.

–También quieren derrumbar esto, ¿te das cuenta? –dijo el más silencioso de los viejos. Se conocen, a juzgar por el modo en que se dirige al policía.

–Si, claro, pero es que… ya eso está ordenado. Ellos son los que saben.

–¿Tú también?

–Bueno, ¿se paran o qué? –otra vez la voz chillona, tiple descontrolado que ahora le grita a la autoridad.

–No se muevan de aquí. Regreso enseguida –respondió el agente, y se marchó por donde mismo había llegado.

Pero no regresó.

Al caer la tarde, poco después de las cinco, los obreros recogieron las herramientas y montaron en los camiones. Sin prisa la caravana dio una vuelta al parque, seguida todo el tiempo por la mirada de los ancianos, hasta que desapareció.

A partir de ese momento, el grupo en torno al banco circular se hizo más compacto pero a la vez más efímero, coincidiendo con el fin de la jornada de trabajo. La mayoría llegaba para informarse, algunos opinaban y enseguida seguían su camino, ágiles, ocupados, pendientes, cotidianos. Sólo los tres viejos permanecían inmóviles.

Anochecía ya, cuando una niña atravesó el parque y llegó al banco circular. Lo rodeó con calma, deteniéndose un momento ante cada uno de ellos, y al final extendió su brazo de juguete hasta el viejo del periódico.

–Vamos, abuelo. Que se enfría la comida.

Las manos sobre las rodillas del viejo se agitan mientras sostiene la mirada en los ojos de la nieta. Ella insiste y él busca una explicación en el rostro de los otros, pero ambos miran hacia otra parte. Se levanta. Arrastra los pies detrás de la niña. Se va.

Los otros dos quedan en silencio. Una, dos horas más, escuchando los rumores que llegan desde la acera de enfrente, el volumen de los televisores sintonizados en el mismo canal, el mismo olor de sofrito con ligeras variantes, el perfume moribundo de la resina de laurel, hasta que el del tabaco murmura: «mañana será otro día».

«Mañana será el mismo día», susurra su compañero, mientras la noche termina de cerrarse y él no imagina nada mejor que una buena taza de café y dormirse frente al sonido uniforme de una pantalla de cristal.

Noche de paz, noche de amor

> Simplemente sales y cierras la puerta sin pensar. Y cuando te das vuelta y miras lo que has hecho es demasiado tarde. Si esto suena como la historia de una vida, está bien.
>
> Raymond Carver

...ya soplan aires de diciembre. Es hora de ir armando el nacimiento, dice la Abuela, y plumero en mano se dispone a sacudir el polvo de un largo año que cubre las figuras. Esta es la señal, la frase que han estado esperando, y a su alrededor todo se pone en movimiento. Los cinco nietos, ya entonces en función del acontecimiento, asumen una responsabilidad que depende de la edad de cada cual. Por tanto es el mayor quien baja las cajas de cartón desde encima del escaparate, con mucho cuidado, aunque los personajes de la representación estén forrados cuidadosamente con papel de periódicos. El segundo de los nietos recibe las cajas y las coloca en el piso según una numeración estampada en la tapa y que indica, de menor a mayor, la importancia del contenido. El tercero las abre y extrae las figuras con una despreocupación que aterra a la Abuela; el cuarto las desenfunda, sin importarle tanto lo que viene dentro como las noticias de los periódicos, y va amontonándolas a un lado ajeno a las imprecaciones de la hermana menor, la quinta y más pequeña de la cadena. Ella asume el trabajo con la seriedad de que carece el resto, y toma las figuras con una precaución que hace recordar a los varones la compleja maniobra de izar a la superficie

un aguamala, intentando reducir la gelatina del celentéreo al diámetro de la palma de su mano, única parte del cuerpo inmune al latigazo de sus filamentos amarillos. Frota el rostro de las imágenes para develar las facciones desgastadas por el tiempo, les acaricia el manto de pliegues en cuyos dobleces infinitos se esconde el polvo, palpa y palmea el lomo de los camellos que sirven de cabalgadura a los mágicos patriarcas de barbas enrolladas, cargados de regalos para el que acaba de nacer y aún no ha aparecido, con su pesebre de paja verdadera y su aureola de niño bueno.

Es éste el momento en que todo cobra vida. La Abuela toma las figuras y las coloca al azar en una mesa contigua al enorme mueble del comedor, lugar tradicional de la representación. Sin embargo, la improvisada composición transluce ya lo que más tarde podrá verse a gran escala en la parte superior de madera dura. Es el mueble más grande y cómodo de la casa, con cuatro gavetas gigantes a la izquierda y dos puertas de corredera que abarcan el resto. Aquí se guarda la vajilla de la familia, todas las piezas intactas por obra y gracia del cautiverio, cada una con su monograma en letras doradas que parece perpetuar el recuerdo de un orden y una seguridad, una confianza que aleja la mala suerte y conserva el equilibrio en estos días imprevisibles.

La ocasión, entonces, sirve también para repasar los tesoros, aprovechando la confusión de los preparativos: la Abuela fija su atención en el nacimiento, bosqueja la escenografía, los decorados, la composición, y no ve las fuentes de porcelana volar a sus espaldas. «Yo no sé por qué nunca usamos estos platos, aquí sí dan ganas de comer...»; la menor da la alarma, la Abuela no se preocupa, *acoteja* sus espejuelos, calcula; «... esta jarra para tomar limonada», y comienzan a desfilar los juegos de cubiertos que traen tantos instrumentos; «comer con todo esto es cosa de ciempiés, no de cristianos», cita el mayor; «son de plata, están prietos, trae pasta de dientes para pulirlos»; la hermana chilla cuando se inicia la procesión hacia la cocina donde se harán brillar los tenedores, los cuchillos, los cucharones de mango labrado y oscuro, pero antes que caiga el diluvio sobre los cubiertos y los nietos la Abuela repara en la ausencia y llega a tiempo para evitar el aluvión. De nuevo todos a la sala, a recoger ahora, a ordenar y guardar lo que ni siquiera se debía haber tocado, vamos, caramba, cuando debían estar ayudándome, en cuanto llegue su padre se lo diré; pero saben muy bien que será con la madre –en caso de ser–; el padre no intervendrá, no es su problema, no es su fe, no le interesa aunque respete, lo verá como un adorno provisional que no le molesta pero que hubiese preferido no tener en casa.

De todas formas la fiesta ha comenzado. El rito de desempolvar las imágenes les recuerda que ya están de vacaciones. La euforia es también consecuencia de esto, saber que no hay escuela, ni uniforme, ni lavarse con el agua helada de las seis de la mañana; no tendrán que escuchar la insistente bocina del auto que viene por ellos cada amanecer, oscuro galeón contra el que tantos atentados han preparado y sin embargo continúa atracando puntualmente al otro lado del jardín, negro y perseverante como las horas en la escuela. Pero ya no vendrá, no vendrá durante toda esta semana ni nunca más, oyen decir. «Racionaron la gasolina, y el hombre tiene que comprarla de contrabando, más cara, claro, y el pasaje también sube, no se puede...»

Pero esto no es una preocupación, es un asunto que corresponde resolver a los mayores. Ahora toca divertirse y aprovechar la ocasión, la tregua de fin de año, la inestabilidad que los beneficia de momento. La Madre agarra el teléfono y consulta una posibilidad favorable donde inscribir, para el próximo curso, el ramillete de hijos, afanado entonces en el montaje de la escenografía. De manera que entre una cosa y otra la composición adquiere su forma definitiva, y todo queda preparado para izar el esplendoroso árbol de navidad, complemento y remate de la representación, cuya atracción principal consiste en una trenza de personajes fabulosos que se teje entre las ramas desde la base hasta la copa, saga diseñada por la

Abuela a partir de algunas ilustraciones copiadas de *El Tesoro de la Juventud* y que, conforme a su estructura cristalina y a un mecanismo secreto, tenía la propiedad, una vez conectado el complejísimo sistema eléctrico que cada año costaba al menos dos fusibles y el malhumor del Padre, de adquirir una inquietud frenética o acompasada que provocaba en toda la colgadura un tintineo ora dulce, ora escandaloso, concierto de elfos o aquelarre similar al que seguía a una apretada jugada en *home*, en aquellos memorables partidos de invierno. El secreto era celosamente guardado por los mayores, si bien todos podían admirarlo cada año unos quince días entre siete y nueve de la noche, durante la comida y siempre a partir de la cena de nochebuena.

Un poco más tarde la luz se atenuaba a la par de las energías de los cinco nietos, va desapareciendo desde el fondo de la casa en su trayecto por cada uno de los cuartos, hasta recogerse y concentrarse, con una única brillantez, en el portal. Allí, derrumbados en sillones playeros, la Madre monologa entre las interjecciones de la Abuela, alegre contrapunto de violín y sordo contrabajo, mientras el Padre fuma paseándose por el jardín.

Todo quedaba preparado. Atesorando su secreto, cada uno de los nietos se preguntaba en la oscuridad qué pasaría entonces. Porque sentían, en la placidez del conjunto, una incomprensible vibración que los convertía en espectadores inquietos que no se conformaban con el hieratismo de las figuras. Sería como todos los años: a partir de ese momento, y a medida que se aproximaba el seis de enero, los tres reyes cabalgarían siempre de noche entre las montañas de papel y los bosques de pinos, entre la multitud de pastores alarmados por la noticia y las cabras de yeso que seguían pastando como si nada. «¿Y por qué caminan sólo de noche...?», mientras seguían su marcha indetenible, invariable aunque tortuosa, directo a su objetivo; «...porque de día hace mucho calor, la gente los detiene y les hace preguntas y los demora; por la noche, al contrario, pueden guiarse por la estrella...»; y cada día era un trecho más, cada mañana al despertar lo primero era ir hasta el mueble y ver lo avanzado la noche anterior, siempre en relación con un punto de referencia marcado por la curiosidad que demostraba: sí, habían caminado, «¿cuánto habremos dormido?». Porque caminaban, no había duda, no estaban ya en el mismo lugar que la noche anterior, y aunque estuviesen un buen rato observándolos sin cambiar la vista, sin pestañear siquiera, era imposible detectar la más mínima sensación de movimiento. ¿Hablarían entre ellos? ¿No bajarían siquiera un momento de los camellos? La preocupación por todo lo relacionado con la travesía era motivo de reflexión cada vez que uno de ellos fijaba su mirada en el mudo espectáculo.

Esta curiosidad, que se hacía más intensa a medida que avanzaba la noche, desaparecía de golpe en la trampa alucinógena de la almohada, en un impreciso golpe de tiempo que no iba más allá de los dos minutos. Únicamente el mayor de los cinco demoraba en dormirse. El movimiento de los tres patriarcas era distinto al de los muñecos de cristal forrados en paño que colgaban del árbol; era una fuerza propia, un mecanismo también oculto aunque independiente, no respondía a un estímulo interior que empujase sus cabalgaduras y las hiciera deslizarse un trecho sobre la superficie de cartón y pino. Pensaba en esto mientras escuchaba las voces en el portal; mejor, la voz aguda y dulce de la Madre ingeniándoselas para afrontar la situación, acopiando seguridad con el balanceo del sillón. Escuchaba la voz de la Abuela, la simple onomatopeya o la resignada muletilla equivalente a un *quélevamosahacer*, hay que salir adelante, capear nosotros el temporal y nada cambie para los muchachos, angelitos, mira como duermen, ¿estás segura que rezaron antes de acostarse?; sus ojos se iban cerrando con la caída de la luz y el cese de las voces, y volvía a abrirlos en la oscuridad y el silencio absolutos: allí era donde único podía estar a solas con lo que imaginaba, y su pensamiento le devolvía la sensación de una posible respuesta, o simplemente lo dejaba atravesar la oscuridad con la soltura y ligereza que merecía. También él «apoya sus mejillas en las hermosas mejillas de la almohada, tan llenas y tan frescas», atento sin embargo al orden de los mundos que reposan alrededor, con sus ruidos, sus maneras de respirar, la queja de un mueble que cede a una presencia no esperada. Sus ojos, cada vez más abiertos, están fijos en la ventana donde brillan y giran las estrellas «como un visible villancico al que, lentamente, lentamente, el alba acalla».

Envuelta en el sopor del amanecer llega desde el patio, junto al mar, la voz de alguien que prepara un bote para salir de paseo, y grita a los niños que tengan cuidado al subir, hay una tabla podrida en el muelle. Un poco más cerca, casi junto a su oído, el mayor oye el taconeo de la Madre antes de irse a misa de diez. Son pasos cortos, rápidos y resueltos, pasos seguros como su fe. Según el ritmo puede deducir que ya está vestida para salir, no sin antes dejar preparado el desayuno para cuando sus hermanos y él se levanten. Ya cortó el pan en rebanadas transparentes; ahora vendrá otra vez a su cuarto y se dará los últimos cepillazos en el pelo, se rociará la colonia barata en el cuello y detrás de las orejas, donde también la llevan sus amigas catequistas. Da al padre alguna indicación que casi siempre tiene que ver con los preparativos del almuerzo; él dice que sí a todo y luego lo olvida, o lo hace a medias porque no está muy seguro. Sólo entonces se decide a partir, con los minutos contados porque el viaje es largo.

Pero hoy hace un giro inesperado en su trayecto hasta la puerta: se detiene a la entrada del cuarto y asoma la cabeza. Casi nunca lo hace, y ahora él siente que lo mira, pero tampoco abre los ojos, prefiere que lo vea como si aún durmiera. Entra en silencio y recoge la ropa que ha dejado sobre el piso. Luego la cuelga en la cabecera de la cama y por unos segundos se queda allí, de pie, mirándolo, y antes de marcharse otra vez en silencio deja escapar algunas palabras que no llega a comprender. ¿Qué ha dicho su madre? ¿Rezaba una oración por él? Le hubiese gustado aprovechar su cercanía para repetir con ella un juego que divierte a sus hermanos: cuando se incline para saber si duerme, se alzará de golpe hasta quedar sentado en la cama, vibrando como un resorte, oscilando en un zumbido sin dejarla de mirar; aprovechar también ese momento para murmurar algunas palabras como si hablara en sueños. Cuando entreabre los ojos le alegra verla allí, contemplándolo sin pestañear y sin saber que la mira mientras hace todo lo posible por rescatarlo de aquel mal momento, susurrando sus dos nombres como siempre hace cuando se trata de algo que para ella tiene alguna seriedad, y que en otro tono y en otras circunstancias auguran sin dudas alguna reprimenda. Sin duda su madre debe estar pasando por un momento bastante duro. Duro, no traumático. Tampoco apocalíptico: es una católica que no cree en los finales desastrosos ni en las orgías de fin de siglo; todo lo que alguna vez pudo desde allí llamarle la atención fue visto sólo a través del cristal impoluto de una vidriera bien ordenada; sus gustos son más puros y más sencillos. Pero aceptar la renuncia de su hijo mayor a ir a la iglesia, así como contemplar cómo los otros progresivamente van perdiendo la fe ante el avance incontenible de una materialidad vulgar la hace balbucear o callarse, y tratándose de ella, el silencio es la manifestación más terrible de la impotencia y el reproche.

Pero no le preocupa. Siente que no tiene por qué sentirse en culpa por haber sido el primero en abdicar. Si luego el resto hace lo mismo, es algo que no le concierne. Con el ocaso de las monarquías, la primogenitura es una fatalidad, no una condición favorable, podría decirse. Él lo hizo por erosión, convencido ya de su incredulidad. Para ellos la crisis estalló cuando al otro domingo lo vieron continuar plácidamente su sueño –o la simulación del mismo–, pues pudo oírlo todo. Ahora debían levantarse, vestirse y andar a misa, de prisa siempre, cuando hubiesen preferido, como también suspiraba él hasta una semana antes, quedarse en casa y saltar de la cama hasta el partido que comenzaba enfrente

El último día del año es un día como otro cualquiera para los cinco nietos. La Abuela se apasiona en la cocina con la cena de despedida mientras ellos, luego de comprobar una vez más el trecho menos que les queda por recorrer a los tres reyes, giran alrededor de las recetas escogidas para la ocasión, invariablemente las mismas del año anterior pero ya sin uvas, sin turrón de Alicante ni nueces ni avellanas «que al menos los mantenían entretenidos machucando» protesta la Abuela mientras el Padre intenta arrastrarlos hasta el patio, donde harán una buena limpieza para recibir el nuevo año. Allí deben recoger el húmedo colchón que sobre la arena han ido formando las ramas caídas de los pinos, olor que se fija en las aletas nasales del mayor, y se inflamará en este lugar por el resto de su vida; tufillo ardiente que provoca arqueadas a la menor y le sirve para mantenerse a distancia, supervisando el trabajo de los otros.

De cualquier manera, ya cada uno ha pensado cómo emplear el resto del tiempo sin que ninguna de sus acciones lleve el estigma de lo trascendental. Es por eso que el mayor, cuando los dos siguientes agarran sus guantes de béisbol y el cuarto se va a pescar ostiones, toma tranquilamente un mazo de historietas, media mitad de limón, un puñado de sal y se recoge en una esquina de la cama a repasar aventuras conocidas que lo librarán del cansancio y el temor y el sueño a altas horas de la noche, cuando otra vez las sombras lo envuelven todo; un silencio sin fisuras que hace suponer, ya pasada la medianoche y la celebración, la inminente cabalgata de los camellos. Pero faltaba una luz: era el pequeño bombillo que colgaba del techo de la cueva, iluminando la estrella anunciadora y perseguida. Una luz más útil ahora para él que para los tres reyes, que conocían de memoria su camino como actores habituados. A tientas, de manera que pudiese observar la marcha de los camellos sin que advirtieran su presencia, se ocultó detrás de un butacón de la sala. El resplandor alcanzaba a dibujar las siluetas de los patriarcas, y así podría percibir el movimiento, por lento que fuese. Pero no bien se hubo acomodado, seguro de su resistencia, la puerta del cuarto de su Abuela se abrió de repente.

Su primera reacción fue la de arrastrarse otra vez hasta su cuarto. Pero debía abrir la puerta que había dejado convenientemente cerrada, y esto era entregarse. Pensó rápido: aquí no sería descubierto ni aunque la Abuela se parase frente a él: ceguera y oscuridad. Y decidió: de aquí no me muevo. No era la hora ni la marcha habitual de la Abuela, algo iba a suceder con aquel paso resuelto que se detenía delante de su escondite y frente a la escenificación del nacimiento. ¿Qué hacía la Abuela? ¿Acariciaba las figuras? Si, las acariciaba, contemplándolas con ojos seguros y mansos, suavemente, como quien apenas quiere que noten su influencia, halagando las grupas de los camellos con un leve roce de su mano…

Juego de dominó entre parientes

por Armando C., im

En el radio de madera sólo se escuchaban viejos danzones, los boleros de siempre, alguna guaracha. Un aparato que parece sacado de un museo. Ahora leo a Dostoievski, y escucho a Robert Plant por la bocina del mismo artefacto maldiciendo la nostalgia con su voz de hiena. Las canciones recuerdan –siempre– lo mismo, dice. Un buen título y una buena verdad sin sosiego. Miro el aparato; de esa armadura sólo parece posible que salga un sonido antiguo, jadeante o carrasposo, y me resulta simpático escuchar dos sonidos tan discordantes en el mismo armatoste, sobre todo este que ahora oigo, que parece reclamar un diseño más actual, más adecuado a sus intenciones. Pero entonces no era así: un danzón seguía sin pausas al otro mientras nosotros comenzábamos un nuevo partido, solos y casi a oscuras, iluminados por la única luz de un bombillo que parece suspendido en el aire, cubierto por una pantalla de cartón donde duermen todos los bichos nocturnos del universo. También en la casa todos duermen, sólo él y yo conversando, desvelados, poniendo una ficha detrás de otra sin golpear la madera, deslizándolas casi entre las bocanadas azulosas del humo de su Fonseca.

Ahora que he leído *El jugador* y *Crimen y castigo*, pienso que entre el ruso y él existían muchas cosas en común. Cierta noche, por ejemplo, luego de las convulsiones que ya comenzaban a hacerse habituales, le pregunté, una vez pasado el ataque, qué se sentía. Para mí era sólo el remanente de una mirada tonta. Me dijo entonces que nada, embotado tal vez, «no siento nada» –igual que Karamazov–, como si no comprendiera un vacío momentáneo del cual, sin embargo, sospechaba haber sido partícipe. Luego continuó alineando las fichas, construyendo un laberinto que más bien parecía una alegoría de la epilepsia, mientras en el radio los violines del danzón de turno sonaban con la nitidez que sólo la quietud de la madrugada puede dar. Creo que era el momento justo en el que todo parece detenerse, se cierra la última puerta, y si algún sonido persiste es el de una radio que alguien escucha como única opción posible.

A ratos, por la ventana, intentábamos descubrir el paso del meteorito que habían anunciado para esa noche. Aparte la música, de tanto en tanto llegaba hasta nosotros el ronroneo de algún camión y el haz intermitente de los faros, como dos luciérnagas, a lo lejos. Del otro lado de la carretera, sepultada en la hierba que crece entre las traviesas, corre aún la línea muerta.

Apoyando los codos en la baranda de la ventana, saboreando su cóctel de alcohol y limón a secas habló de aerolitos, de colas incendiarias que casi tocaban los techos, de constelaciones. «Son la única diversión de pastores y guardabarreras nocturnos. Si lo sabré yo…». Y ahí se quedó, repitiendo itinerarios como oraciones, cepillando su gorra azul de visera dura y desbarrando contra las previsiones meteorológicas que lo habían defraudado. En ese momento, hubiese querido contarle que una vez vi una lluvia de estrellas, una de verdad, en un tren de medianoche, cerca de Calabuch. Pero no dije nada. Tal vez hubiera podido pensar que sólo trataba de consolarlo. Luego, algo mareado ya, se fue a dormir –tres, cuatro horas, como siempre. Al día siguiente, apenas comenzara a amanecer, se afeitaría a oscuras –como de costumbre–, se encasquetaba la gorra y escaparía para ir a sentarse en su banco preferido, un rugoso y ordinario banco de granito (donde antes hubo uno de mármol) en la plaza nueva y disforme, frente a la estación y su andén.

Con el pulso tembloroso saboreaba el trago, la misma mezcla, pero ya no llegaba hasta la ventana. Para entonces añadía un trozo de hielo, intentando amortiguar el arañazo del alcohol en su erosionada garganta. Una de esas noches intentamos adivinar a qué me dedicaría. O lo intentó él; a mí me tenía completamente sin cuidado. Siempre le gustó paladear el futuro con la misma pasión con que cataba su pócima de alcohol destilado. Probablemente arquitecto o abogado, dijo, intentando ocultar lo que realmente le hubiese gustado decir. Luego hizo una pausa. «O tal vez escritor», soltó al fin.

Le dije que no –lo recuerdo muy bien. Me parecía absurdo, aburrido. Ahora que lo pienso, en ese instante me imaginé con una barba blanca y larga que casi rozaba el libro que tenía en las manos, una imagen muy parecida a la foto del ruso que está en mi ejemplar de *Memorias del subsuelo.* Después hubo un largo silencio, y él continuó moviendo las fichas con la desapasionada precisión de quien, con una sílaba sola, le han agotado un tema precioso que tal vez atesoraba para una circunstancia más propicia.

Antes de que alguno de los dos abandonara el juego, intuidos los primeros síntomas del próximo temblor, su mente se iluminaba con el efímero claror de un relámpago, como sucedía al escritor ruso. En ese momento, yo dejaba de ser el interlocutor amable para convertirme en simple espectador, cómodamente sentado en un ángulo desde el que podía juzgarlo todo sin comprometerme. Escuchaba sin comprender, sin participar apenas, obnubilado por el rictus, seducido por las palabras. Era pavor, tal vez; o bien torpeza, o estupidez. *Es su momento, no el mío,* pensaba. No quería entrar *ahí.* Nada puedo recordar de lo que entonces decía, pero ahora creo que en algún momento el rumor confuso o cristalino de su discurso pudo haber rozado las aristas punzantes del genio, ese escalón previo, despeñadero hacia el delirio.

Mucho después de aquella noche de predicciones, andaba mi tío por la casa a oscuras, bien entrada la madrugada. Intentaba sintonizar una emisora que no existía más. Sin camisa, jubiloso con su vaso entre las manos, se paseaba como un sonámbulo entre los muebles y los objetos. Había concentrado al máximo sus desplazamientos, y ya para entonces no salía nunca, no veía a nadie. Como fondo, en mi cuarto sonaba *The song remains the same* con los agudos al tope.

Llegó hasta mi lado, deslizándose o resbalando en lo que supuse un pasillo de vals, y susurró: «¿Oyes, hijo? Es el expreso. Dos y cuarenticinco. Siempre en hora…». Le dije que sí, y me volví de espaldas. Ahí estaba el dominó pero él ya no iba a jugar. Ahora me tocaba a mí continuar el ceremonial, como se supone corresponda a un buen sobrino, moviendo las fichas, jugando a la disolución.

Grand slam

> La vida oscila
> entre lo sublime y lo inmundo
> con cierta propensión
> a lo segundo.
>
> Montale

> [...] el sentimiento de culpa, exclusivo del niño, fue parcialmente reemplazado por la comprensión de nuestra mutua impotencia.
>
> Kafka, *Cartas a su padre*

Igual a la bola de billar que caracolea en la boca de la tronera, indecisa, coqueteando con el borde, y de repente se hunde en lo oscuro como si algo se la tragara, succionándola más bien, así mismo dio vueltas la pelota de tenis sobre el anillo de fango y cuando parecía que no, esta vez no, le queda poca fuerza de rotación –se detendrá en el borde: desapareció. Amarillo canario sobre gris ratón, danza fugaz en una boca del infierno que hasta entonces no habíamos visto, escondida al final de la pista bajo la malla perimetral. Un agujero bastante ancho, mucho más que el diámetro de la pelota. La cueva de un cangrejo grande, tan grande como sus muelas. Un asqueroso cangrejo de tierra, un cangrejo de aguas albañales, ese era su sabor; ni siquiera tenían la distinción de los cangrejos moros, rojos con patas negras y un agradable sabor a mar cuando los cocinabas.

Corrí hasta allí, me arrodillé ante el agujero y quedé mirando el hueco oscuro un par de minutos, supongo. No podía meter la mano, nunca me había atrevido a meter la mano en uno de esos agujeros. Me daba terror. La sola imagen de mis dedos trozados por aquella presión calcárea me hacía vomitar. Eso sin hablar del dolor. Aun teniendo el valor de hacerlo, recuerdo haber pensado que, de todas formas, era inútil meter la mano allí y luego todo el brazo, acostado junto al hueco; era una cueva profunda a juzgar por el diámetro de la entrada, un túnel siniestro donde mi brazo delgado, negro por el sol, podía bailar a sus anchas. Sin llegar al fondo de nada. Una raíz parda y fibrosa que entra en la tierra y emerge mutilada. No, no podía hacerlo.

Y ahí estaba yo, las dos manos abiertas sobre la tierra rozando el borde de fango, mi cara a diez centímetros del hoyo y los ojos fijos en lo oscuro, sin atreverme a voltear la cabeza porque sabía que de hacerlo encontraría la mirada de mi padre. Y esa mirada decía, me diría *a mí*, que necesitaba esa pelota, que la necesitaba *ya*: luego de mucho esfuerzo sólo había podido reunir tres, y de poncharse alguna de las dos restantes, ahí mismo terminaba el partido. Más bien, el simple pase de pelotas. Porque de eso se trataba; ninguno de los dos concebía el encuentro como una competición, sólo eso: bolear, cruzar pelotas por encima de la red, mantener la forma. La *forma* del otro, para ser exacto: un poco de ejercicio físico que contribuyera a disipar la tensión de los caballos saltando hacia todos lados, relajarse mientras protegía a su rey bajo el acicate de la dama y el incesante movimiento de los soldados en el campo. Creo que mi padre era consciente de esta situación, pero no le importaba. Más bien, parecía orgulloso de su *misión*. Por mi parte, sabía que eran pelotas gastadas, maltratadas por el uso, lo que suponía que en cualquier momento podían abrirse, reventar, aunque ninguno de los dos se afanase en golpearlas con fuerza. También (por cierto) me gustaba meter la nariz en la rajadura cuando alguna explotaba;

dejarla allí unos segundos y aspirar ese olor de algo fermentado. Nebuloso también, como el fondo de aquella cueva.

Para ocuparme del asunto había tenido que abandonar mi función de *ball boy*. Por lo tanto ellos tendrían que bajar hasta la red cuando las pelotas mal golpeadas quedaran allí, o andar a buscarlas cuando escaparan hacia los lados. Algo bastante molesto, detiene el impulso, corta la secuencia de la jugada para luego regresar al fondo, retomar la secuencia y cortar otra vez. *Due palle*, como dicen los italianos en estos casos; ahora una metáfora puntual y armoniosa. Obviamente, mi padre no permitiría que su ilustre contrincante tuviese que someterse a esa pesada obligación. Que podría desgastar el interés del ajedrecista hasta convertirse en un martirio, pues ninguno de los dos era un experto y las pelotas quedaban en la red o salían de los límites con bastante frecuencia. Para eso estaba yo allí; para evitar a toda costa que *eso* ocurriera. Yo era consciente del orgullo que lo embriagaba; el genio había pedido jugar al tenis y él había sido el elegido para compartir aquel capricho. Desde Capablanca no había habido otro que se le igualara. *El león de Reikjavyk* era ahora su contendiente. Por lo tanto, intentaría dilatar aquel encuentro todo lo que pudiese.

No era común que a mi padre le brillaran los ojos con alguna noticia, no para entonces, quiero decir. Yo no sabía quién era ese Bobby del que tanto hablaban (siempre en voz baja y con admiración). Pero su cara se iluminó cuando le vinieron a decir que debía regresar al trabajo esa misma tarde. Después de todo un día marcando el terreno bajo el sol, pleno verano del calcinante sesentinueve y su cara, no obstante, resplandecía. Vino su propio jefe en persona, alguien mucho menor que él y a quien se le notaba la vergüenza cada vez que debía dirigirse a mi padre para comunicarle alguna *orientación*. Ahora parecía rogarle su presencia allí, había recibido una llamada telefónica, era preciso darle atención priorizada a ese antojo repentino.

Yo lo había ayudado un rato ese mismo mediodía, hasta que él me ordenó regresar a casa; de todas formas, esa tarde no se podría practicar, el terreno aún estaba húmedo, la cal no acababa de pegarse a la tierra batida de la pista. Que él llamaba *court*.

Le dije que podía ayudar sosteniendo los clavos en las esquinas, para que el cordel quedara tenso y las líneas rectas. Pero él sabía hacerlo solo, siempre lo había hecho solo, y si alguna vez buscaba la ayuda de un niño de diez años era únicamente para conversar un rato mientras terminaba ese trabajo tedioso. Líneas trazadas a mano con cal viva y pastosa para que se fijara bien en la arcilla. También zurcía prolijo los agujeros de la red artesanal; retocaba de verde la banda superior de lona gruesa, barría las piedrecillas de la superficie. A veces comía algo, aunque por lo general se pasaba largas horas allí sin probar nada, entrenando a sus alumnos; tenía derecho a una merienda, que siempre dejaba para después y otros terminaban comiéndose. No era un trabajo difícil como tampoco era bien mirado por ese mismo trabajo. «La cabra siempre tira al monte», había dicho alguien, o lo que es lo mismo: el viejo burgués vuelve por sus fueros, y precisamente, en el *año del esfuerzo decisivo* y a propósito de la *masificación* del deporte, no se le ocurre nada mejor que inaugurar un área para aprender a jugar –nada menos– al tenis. Y mientras sus jefes se movían en motos Minsk y vestían de caqui y botas negras, él llegaba al *court* en su flamígera Niágara roja y de blanco impecable de pies a cabeza, Fred Perry para ser exactos, lentes oscuros y gorra de visera larga.

Me volví a mirarlo, sin embargo. Y recibí una mirada fulminante que nunca le había visto, una mirada que siempre me había ocultado. No supe exactamente qué significaba, tampoco era acusatoria, pero ese instante fue suficiente para entender que algo grave podría suceder si no encontraba la pelota, *si no sacaba de una vez la jodía pelota de aquella cueva de cangrejos.*

Alguien entró al terreno por el fondo, pegado a la malla. Traía en una mano dos pomos pequeños de agua, una hoja de papel en la otra, y se detuvo a pocos pasos del jugador de ajedrez. Desde mi lugar pude ver como intentaba llamar su atención, procurando al mismo tiempo evitar cualquier intromisión abrupta en un lugar que, a juzgar por su actitud, seguramente le parecía algún tipo de rayuela con pelotas, y en la que el ajedrecista parecía afanarse. En esa mímica performática estuvo casi diez minutos, hasta que mi padre detuvo el golpe y miró al hombre, lo que hizo que el jugador de ajedrez, luego de quedar expectante unos segundos con la raqueta en ristre, desviara su mirada hacia allí.

Levantó un brazo para pedir un segundo de tregua. Sólo entonces el recién llegado se atrevió a acercarse, cuidando sus pasos cortos sobre la tierra como si caminara descalzo entre las mesas de un bar luego de una bronca a botellazos. Parecía uno de esos que por superstición no pisa raya, un sonámbulo de apenas metro y medio con brazos levantados y todo, de los que el jugador de ajedrez arrancó el papel y un pomo de agua, que se bebió de un golpe sin desviar la vista de la hoja escrita. «¡Pencil!», vociferó, pero el hombrecito ya esgrimía ante sus ojos el estilete de un reluciente lápiz amarillo. Bobby sacudió el mechón de pelo rubio y sudado que caía sobre sus ojos, tiró el pomo de agua vacío contra la cerca de malla al fondo, agarró el lápiz y dejó sus dos manos levantadas durante un segundo, en suspenso. El hombrecillo se inclinó levemente hacia adelante: la altura estándar y perfecta de cualquier mesa para un hombre de pie y estatura mediana. El jugador garabateó algo en la hoja sobre el lomo diminuto y luego tocó con el lápiz la cabeza del edecán *tableman*, que alargó un brazo por encima de su cabeza, agarró el papel y salió disparado.

Mi padre y yo nos quedamos inmóviles, observando la escena. «Ahora va corriendo hasta el hotel, a sentarse frente al aparato», lo escuché susurrar. Levanté la cabeza y él, al mismo tiempo, bajó la suya. «Escribe los movimientos en ese papel, y luego los trasmiten por teletipo, como si jugara desde su país», concluyó. Sólo entonces mi padre pareció volver a verme. Y a recordarme, con su mirada, que lo realmente importante no era la apertura utilizada ni el posible enroque o el peón solitario en el flanco dama ni la razón por la cual el jugador de ajedrez ocultaba su presencia en la ciudad, sino la pelota que nos faltaba. Algo que también yo, de momento, había olvidado.

Las nubes bajas, viniendo del sur, avanzaban con rapidez, y la luz se hizo más opaca. La visibilidad para jugar aún era buena, pero en cualquier momento podría oscurecer, precipitándose la noche con la inminencia de la tormenta. La lluvia o la oscuridad podrían ser una salida elegante, pero si ninguna de las dos llegaba antes de que la próxima pelota reventara, o el mismo jugador se aburriera del insulso reboleo, mi padre se vería en una situación delicada. *Situación delicada* es, a la vez, una frase hecha y un bonito eufemismo, pero creo recordar que no fue, exactamente, lo que en aquel momento pensé. No con esas palabras, quiero decir.

Volví corriendo hasta aquel boquete en la tierra. Ahora, sin la luz del sol, la oquedad parecía más oscura, el diámetro mayor, una boca negra con espuma gris en los bordes que no disimulaba su intención de tragarse todo lo que por allí entrara. Podría perder el brazo. De sólo pensarlo sentí un escalofrío recorrer mi espalda primero y el resto de mi cuerpo después. Aquel intento por rescatar la pelota acabaría con mi esperanza de llegar a ser, yo también, un gran jugador. De tenis.

Me agaché, no obstante, y fijé mi mirada allí, en lo oscuro de la cueva. Creo que en ese momento hubiese dado cualquier cosa a cambio de entrever una mancha amarilla en lo profundo. O a imaginarla; tal vez una visión de ese tipo espantaría el terror por un instante, propiciando el acto irreflexivo del que luego, seguramente, me iba a arrepentir. Eran, de todas formas, tiempos de grandes sacrificios; de una infinita visión romántica también: sería un impedido físico a partir de entonces, pero quedaría como un héroe en la memoria de mi padre. Y de algunos otros, seguro. Esos pocos que allí estaban en ese momento, extraños y sutiles espectadores que apenas miraban hacia el terreno, paseándose distraídamente por los alrededores de la cancha. Algo así llegué a pensar. Como también en la posibilidad de que quizás, incluso, trocaran mi nombre por aquel altisonante y dilatado de *Complejo Voluntario Deportivo* en recordación de quien, en un gesto valeroso y altruista, puso en alto la bandera del deporte levantisco y sacrificó su brazo derecho en un momento de definiciones, sobre todo teniendo en cuenta la presencia *in situ* –y esto resulta fundamental– de un representante del imperio en aquel *court.* También (me parece recordar) pensé: al fin y al cabo la cuestión nominal no ha sido más que un simple cambio de siglas, un equívoco semántico sin importancia, tal vez. Aunque es casi seguro que no fueron *exactamente* estas las palabras de entonces.

Una sombra cubrió la ya oscura entrada de la cueva. Al volverme y alzar la cabeza vi a mi padre, toda la extensión de su blanco Fred Perry sobre mí, y esa visión fue suficiente para recordarme lo apremiante de mi objetivo junto a aquel agujero. Lo miré sin saber qué decir, y fue él quien habló: «Busca un cubo y llena la cueva de agua». Había dejado correr la pelota hasta donde yo estaba para tener un motivo para acercarse.

No le faltaba razón con aquella idea del agua. Al llenarse el agujero, la pelota subiría flotando hasta la entrada, tal vez sobre el carapacho del animal (un estibador del subsuelo), y entonces me sería fácil agarrarla. Así no tendría que meter mi mano en ese infierno. No había otra opción, oscurecía con rapidez, las dos pelotas restantes peligraban. Podría tomar el agua directamente del mar, a menos de cien metros de la cancha, así ganaba un poco de tiempo. Lo primero sería encontrar algo para cargarla hasta allí. Junto a la cocina había siempre un montón de latas grandes, vacías, cuyo borde superior abrían con un cuchillo. Latas de aluminio para aceite o mermeladas. Corrí hacia allá, en el mismo momento en que otra vez entraba al terreno el hombrecillo del agua y el papel.

Sólo después de llenar la lata en la orilla comprobé que, por un lado, era muy pesada, y tampoco tenía ningún aditamento para agarrarla. A esa hora no quedaba nadie por los alrededores a quien pedir ayuda. Me puse en cuclillas, abracé la lata y la apreté contra mi pecho. Al levantarla mis pies se hundieron levemente en la arena. Trastabillando, intenté apurar el paso. Lo más difícil, sin embargo, consistía en mantener alejada la parte superior: el corte irregular del cuchillo en el aluminio erizaba todo el diámetro de pequeñas y afiladas navajas oscilando a tres centímetros de mi cara.

Casi al llegar el hombrecillo pasó como un bólido por mi lado. Susurraba una jerigonza extraña mientras leía el papel. Nuestras miradas se cruzaron por un instante, y se detuvieron un segundo, dos, una eternidad. Cada una parecía reconocer en la otra el espanto de lo imprevisible, el pavor de no lograrlo. Ese repentino desvío de mi cabeza a un lado hizo rozar mi barbilla contra el aluminio. Por eso estaba rojiza el agua cuando comencé a derramarla dentro del agujero. Mi padre parecía no haberse percatado de mi entrada, y yo aproveché para limpiarme la barbilla, enjuagar mi mano en el fondo de la lata y luego presionarla en el lugar del corte para cicatrizarlo momentáneamente.

La cueva se tragó aquellos cincuenta litros con la misma presteza con que un campo arenoso se chupa el primer aguacero de primavera. Con cuidado acerqué mi oído al borde del hueco, intentando descubrir algún sonido que me revelara la proximidad de algo. El silencio parecía venir desde el mismo centro de la tierra. Levanté la cabeza y miré a mi padre, pero él, cerca de la red, intentaba –más afanado en el procedimiento gestual que verbal– explicarle algo al ajedrecista. Él no hablaba inglés.

Pareció sentir el punzón de mi mirada y se volteó. Hizo una seña al jugador, como disculpándose, dio unos pasos hacia mí y se detuvo en el centro del campo, justo donde termina la cuadrícula del servicio. Desde allí me lanzó una mirada amenazante. Yo no podía explicarle que no era embeleso ni curiosidad mi posición: el codo de mi brazo derecho sobre la pierna doblada y mi mano bajo la barbilla. Pero algo debió ver, y se acercó despacio. «Tienes sangre entre los dedos», dijo. Seguramente pensó que yo había metido la mano en la cueva. Le dije que un alambre de la malla me había rozado la cara al entrar con el agua, y volví a salir, corriendo, a llenar otra lata en el mar.

El agujero volvió a tragarse de un buche y sin pausas otros cincuenta litros. Mi grande y pesada lata de aluminio como un frívolo cubito de hielo en aquel profundo vaso de fango, por así decir. Volví a arrodillarme frente al ojo negro. Me acosté sobre él, dejando unos diez centímetros entre mi cara y la tierra; el animal podría estar allí, estudiando desde lo oscuro cada una de mis acciones, y aprovechar un descuido para sacar su muela fulminante y triturar mi nariz.

Pude escuchar al jugador de ajedrez cuando decía algunas frases en ingles a mi padre, murmullo que interpreté como un conjuro para hacer salir al crustáceo de la cueva. Con la misma intención comencé a susurrar algunas palabras cerca de la abertura, bien bajo para no ser oído. La resonancia de mi voz en el agujero, el tono estentóreo, como salido de un caño, me demostraba que el agua aún podía estar muy lejos de la superficie, o que simplemente se había diluido por las infinitas ramificaciones de aquel subterráneo. En ese instante el sol, ya casi acostado sobre el horizonte, se reflejó con particular intensidad en aquella parte de la cancha donde yo estaba. Un súbito resplandor, engañoso tal vez, que me hizo entrever algo parecido a una minúscula mancha amarilla dentro de la cueva.

Por la prisa, y por el peso de la lata, en cada una de las maniobras de ahogamiento y reflote había derramado una buena cantidad de agua en los bordes a la entrada de la cueva. La tierra estaba húmeda ahí, aproveché aquella morbidez y comencé a escarbar con mis manos alrededor del agujero, desbastando la tierra y apilándola a los lados. Metí los dedos con fuerza en el fango y las piedras, arañé hacia afuera, frenéticamente, para ampliar el diámetro de entrada;

cada vez quedaba menos luz, más lento se hacía el ritmo del peloteo, más largas las pausas, más altisonantes las palabras en inglés.

Alguien entró al terreno y se acercó a mi padre. «No es con usted el asunto», le oí decir. Ahora comprendo que se refería a las exclamaciones del ajedrecista. Luego hizo una pausa: «Se ha roto el teletipo, deben suspender la partida». «Podría utilizar el teléfono», respondió mi padre, y el hombre lo miró de una forma extraña. Digo *extraña* porque en ese momento no entendí la mezcla de altivez y prepotencia que sostenía aquella mirada. Por tanto tiempo y de manera tan ostensible que resultaba insolente. Después levantó la cabeza, miró las nubes con aire condescendiente, entrecerró los ojos y acercó su cara a la de mi padre. «Es que no puede saberse que está aquí...» (Pausa larga) ¿O es que *todavía* no entiende?». El énfasis en la palabra «todavía», deduzco ahora, debía estar directamente relacionado con aquellas *cabras* y aquellos *montes* que una vez escuché.

Yo parecía ser el único preocupado por la pelota, el único en entender que caía la noche, que realmente era imprescindible rescatarla. Entonces, sin nadie en ese momento a quien dirigir sus golpes, el jugador de ajedrez decidió practicar su nefasto saque, y tal vez por la furia –¿el teletipo estropeado? ¿el calor de mierda? ¿el misterio?–, con el impacto la bola explotó en el aire partida en dos pedazos perfectamente simétricos, como sajada por el tajo preciso de una cimitarra suní y no de aquella Wilson de aluminio, una sensación entonces. Acto seguido al inequívoco ¡pof! cada mitad salió disparada en dirección contraria, campos magnéticos similares que se repelen, y él quedó inmóvil, observando alternadamente a cada una; un hacha petaloide la flamante raqueta colgando de la mano, sendas piezas acabadas de cazar, las dos mitades de la pelota.

Mis manos se hundieron otra vez en el fango. Con frenesí. Sentí una uña partirse, luego otra, los fragmentos filosos entrando en la carne, pero no podía dejar de escarbar. Al pasar un brazo por mi cara para limpiarme el sudor, rocé la herida reciente en mi mejilla, y algunas gotas de sangre comenzaron a caer en el agujero. No sentía el sonido de la pelota al volar sobre la red; tampoco quería levantar la cabeza para mirar lo que se extinguía sin remedio: de hacerlo, allí me esperaba, seguro, la mirada de mi padre. Una vez más me pareció entrever la mancha amarillo pálido en algún lugar del oscuro agujero. Y las miradas. La del jugador de ajedrez, mientras se retiraba por el fondo. La de mi padre abatido. La del hombrecillo *tableman*, trotando detrás del jugador. La de aquellos *espectadores indiferentes*... Cerré los ojos. Un estúpido recurso de defensa contra el dolor. Recuerdo haber pensado: voy a meter el brazo. O no, no lo recuerdo bien.

Lightning Source UK Ltd.
Milton Keynes UK
UKOW01f1427210716

278932UK00002B/99/P

9 789491 515460